U0947586

孙犁最喜欢的藏书票
孙晓玲提供

如云集

耕堂文录十种

孙犁 著

天津出版传媒集团
百花文艺出版社

图书在版编目（CIP）数据

如云集 / 孙犁著. —天津：百花文艺出版社，2012.5（2023.4 重印）
（耕堂文录十种）
ISBN 978-7-5306-6104-8

Ⅰ. ①如… Ⅱ. ①孙… Ⅲ. ①中国文学-当代文学-作品综合集 Ⅳ. ①I217.2

中国版本图书馆 CIP 数据核字(2012)第 091431 号

如云集
RUYUN JI
孙犁 著

出 版 人：薛印胜
责任编辑：徐福伟
封面设计：郭亚非　　**版式设计：**郭亚红
出版发行：百花文艺出版社
地址：天津市和平区西康路 35 号　　**邮编：**300051
电话传真：+86-22-23332651（发行部）
+86-22-23332656（总编室）
+86-22-23332478（邮购部）
网址：http://www.baihuawenyi.com
印刷：天津新华印务有限公司
开本：787 毫米×1092 毫米　1/32
字数：155 千字
印张：10.25
版次：2012 年 6 月第 1 版
印次：2023 年 4 月第 2 次印刷
定价：66.00元

如有印装质量问题，请与天津新华印务有限公司联系调换
地址：天津东丽开发区五经路 23 号
电话：(022)58160306　邮编：300300

晚華凝秀露劫後見霜
容澹定就遠道鏗然撫焦
桐尺澤連滄海陋巷接
飛鴻文氣如雲舒直聲
盈蒼穹蝶風何足道
秋士文自雄雖曰老荒矣
凌雲志更宏無為思有
為芸齋豈荒荒曲終能
再奏大雅貫長虹十集
成一帙功如岱宗崇

余衰病之年曾君鎮南屢作關懷
勉勵之辭近又作五古一首嵌拙作十
書於內詩有魏晉風神聲音清
越余喜而錄之

一九九五年五月廿日上午

孫犁

孙犁送给女儿晓玲的书法手迹，乃抄录自曾镇南为孙犁晚年十本小集所作的题诗,其中嵌入了这十本小集的全部书名

二十世纪九十年代孙犁在天津学湖里寓所

二十世纪九十年代孙犁在天津学湖里寓所

一九九二年四月孙犁在天津学湖里寓所,时年七十九岁

目 录

芸斋小说

罗 汉 松

现在,我养的花木中,这棵罗汉松可以说是长得最好的了。我每天搬出搬进,唯恐叫人偷了去。这是朋友老张送我的。老张一共送过我三盆花。第一次是一棵玻璃脆,他送来的时候,笑着对我说:“你养这种花最合适。”

他的意思是,我这个人很脆弱,弱不禁风,半死不活。他讽刺人,向来是不分场合的。

第二次是一棵栀子和这棵罗汉松。栀子不好养,早已死去了。罗汉松来时很小,十几年的工夫,我已经给它换过三次盆,现在它身上随便一个小枝,也比来时它的全身大。老张逝世将近五年了。时光流逝,人之云亡,尚不及草木长久。

老张送我花,并不是他出钱买的。他交游广,认识人多,又是老同志,名人作家,别人都乐于送给他东西。这些花,就是他从本市的一个大公园要来的,他认识那里的主任。

二十年代末,老张就和这个大城市解放后的第一任市长,在一个支部活动。当时在这一支部的,还有“十年女皇”。

他爱好文艺,三十年代初已发表了小说,并写了一部长篇,书名仿肖洛霍夫笔意,也叫做静静的什么,曾得到一个美国太太的奖金。查鲁迅日记,老张曾两次把这部小说寄给鲁迅先生,好像并没有引起先生的注意。那时,人们并不像现在这样,那么重视外国人的奖赏。更不认为,外国人鼓掌叫好的,就代表中国创作的高峰。

老张对文学孜孜矻矻,可以说是终生不懈。在写作上也很努力,虽然说不上很严肃。“文革”期间,他曾企图把过去写的一部现实小说,改写成应时的作品,结果徒劳心力,没人给他出版。

以他的资历,本来有很多机会去做大官,他都没有去做。抗日时期,他在一个地区当了几天社会部长,进城以后,又当了几天工会宣传部长,终于以作家身份,了其一生。

我们是一个时代的人，共同度过了那艰难危险的岁月。他一直没有离开冀中，他不愿到山里去，那里生活太苦。在冀中，领导了解他，群众关系也好。他打游击，不避阶级嫌疑，常住在地主富农家里，这些人家，都有子女在外抗日。他到一家，大伯、大娘叫得很亲热，既保险，又能吃到好饭食。他有时住在我家，我父亲总要到集上去买肉。有一年夏天，他走了一天，干渴得很，正好我父亲在井里泡着一个大西瓜，取出来叫他吃，说他真有口福。

进城后，老张几次自做对虾，装满大饭盒，给我母亲送来。老伴病了，老张也曾到医院看望。后我因无人照顾，多次到他家赶饭。他对女儿们说："不要厌烦，过去，我也常在人家吃饭。"

老张的口福，是有名的。抗日期间，我从路西回来，帮他编书。他们一天的菜金是五分，我是客人，三角，他就提出跟我合伙。"五一"大扫荡，扫来扫去，把他扫到深县南部的大桃树园，在里面待了三天三夜，吃的都是蜜桃。抗日胜利后我回到家里，父亲给我炖了一个肘子，刚刚炖烂，他就从外村赶来了，进屋大笑着说："我在八里以外，就闻到香味了。"

进城以后,他是市长的老朋友,经常赴宴。打听哪里有宴会,只要主客一方是熟人,他就跑去。有一次,我们在北京开会,散会以后,我同康、侯等人约好,到东安市场吃饭,并没约他。他就跟在后面,一直进了饭馆,大家都不以为怪。

他不只有口福。别人的书,经过战争、土改,都散失了。他的书没有散失,反增加了。他到处搜罗书籍。土改时,他主管的小区,发现了一部《海上述林》。他上书中央负责同志,请求批准他获得这部他渴望已久的书。他的手稿、日记,也保存得很妥帖,丝毫没有遗失。有一次,他到路西去,父亲托他带给我一些零用钱,并叫妻子把钱缝在他的夹袄腋下。他到了路西,我已去延安,他把钱也买了书。

历次政治运动,他都以老运动员,或称老油条的功夫,顺利通过。土改时,他是组长,当然不会有问题。文化大革命初期,他当机立断,以“左”派姿态,批评了市委文教书记。在那种人心惶惶的情况下,他一改平日邋邋遢遢的形象,穿上一件时兴的浅色的确良新衬衣,举止活泼,充满朝气,以自别于那些忧心忡忡垂头丧气的人物。

身为作家,参加革命久,历史复杂,说话随便,伤人很多的他,在这场动乱中,几乎没有任何风险,没有烧到一根毫毛。当不少同行家破人亡之际,他的家庭,竟能保持钟簴不移、庙貌未改的状态,这在全国也恐怕是少见的。并且不久就出入炙手可热的王曼恬的官邸,更使人叹服他的应变能力了。

据我思考,老张得力之处,在于处世待人。他不像一般作家那样清高孤僻,落落寡合。什么人他都交接,什么事都谈得。特别是那些有权有势,对他有用的人。他以作家的敏感,去了解对方的心意;然后以官场的法术,去讨得他们的欢心。他对顶头上级,如宣传部长,甚至宣传干事,都毕恭毕敬。可以当着很多人的面,去拍他们的马屁,插科打诨,旁若无人。有一次,在我家里,他竟拍起一个后生晚辈的马屁,使我大吃一惊。这个后生,是他机关造反组织的一个核心成员。那时"文革"已近尾声,老张还对他如此恭敬。我就此事,请教过一位明达。他说,前途未卜,后生之后,还有大头目。老张在后生面前能做如此表现,大头目知道也会高兴。他们如继续得势,老张自然得到好处。

芸斋主人曰:抗日时期,老张写了不少剧本,曾自称是冀中区的莫里哀。三十过后,方得结婚。及撰文,相交过久,印象丛脞,不易下笔。老张熟知冀中生活掌故,人多称之,然亦有谓,其言多夸夸,华而不实,因有“倒二八”之讥。噫!当年革命如渡急湍,政治如处旋涡。老张不只游戏人生,且亦游戏政治。其真善泳者乎!

一九八八年五月九日写讫

续　弦

一九七一年四月间,老伴在医院死去。我知道以后,劝住孩子们莫哭,先把他们的老姨叫来。她是我一九五三年从老家带出来,在我家帮了几年忙,后来参加工作的。

机关的革委会,原来派了一个人帮着办丧事。这个人抄过我们的家,我不愿去叫他,他听说后也来了。我找了几位老同志帮忙,他们是杨、贾、石、马。我写在这里,是表示永志不忘。

因为孩子们没有经验,置备的装裹又很简单,妻长时间露面躺在停尸板上,我从口袋掏出一块旧手绢,蒙在她的脸上,算是向她作了最后的诀别。她的脸很平静,好像解除了生前的一切痛苦。

我那时处境还不好,前途未卜。孩子们各有心思,对我也冷淡。我每天劳动回来,在小屋里闷坐着。有次路遇大雨,衣服全湿透了,回到屋里,也没有人过问,自己连抽了三支烟,以驱寒冷。

慢慢,我想再找个老伴。说是续弦,这是附会风雅。老伴从二十一岁以身相许,那时彼此有多少幻想。四十多年,经历了无数艰辛,难言之苦,最后这样相离而去。以后的事,还能往好里想吗?

我最初属意机关食堂里的一位妇女,她四十来岁,中等身材,皮肤很白皙,脸上有些雀斑,胸前很丰满,我在食堂劳动时,对我态度和蔼。她是顶替死去了的丈夫,家也住在佟楼。晚上,我们常乘一辆公共汽车回家。

但我没敢向别人透露过,因为想到,既不属于一个阶级,我有些自惭形秽,怕高攀不上。

不久,有一位女同志,愿意给我介绍,是在她那里帮忙的姨母,预定在老梁家见面。我如期去了,一进大门,老梁的妻子就斥责我:"衣服也不换一下,大好天,你戴个破草帽来干什么!"

进到屋里,形式很隆重,女方来了四个亲属。

"你现在住的那房子很小吧?"女方的母亲问。

"也很低。"我说,"有个蚊子臭虫什么的在房顶上,我一伸手就摸着了。”

全场默然。

我告辞出来，心想，女方长得太黑，也太胖了。

第二次，老梁的爱人又给我介绍一位会计，苏州人。我一听生在苏州，觉得很好，在梁家三楼小书房见面。事先按照介绍人的嘱咐，我换了一身干净些的衣服，没有戴草帽。当然那时也不是戴草帽的季节了。

见过以后，女方对我评价很好，她对介绍人说：“不好说话，不是缺点，他是个作家么！”

我却认为她个儿太矮了。

听说我在找老伴，朋友们都愿意帮忙。在北京军队工作的老魏，给介绍一位流落在江西的女同志。说原来是一位大校的妻子，并托老王把一张相片带到天津来。

老王给我打电话，叫我即刻去，说得很神秘，并有他习惯的那种加惠于人的味道。

我到了他那里，他正在用一块当作放大镜的有机玻璃，端详照片。

我接到手里一看，果然不错。当然，这是女方年轻时的照片，距现在已经十多年了。

不久，老魏打听到了这位女同志的下落。她后来给我写信说:正当她傍晚堵鸡窝的时候,收到了一封带有喜讯的电报。

通信开始不久,我就接连给她汇去了几百元钱。这些年,我其他无长进,唯物观念是加强了。

她是一位恋爱老手,对付我是不在话下的。孩子们听说她有海外关系后,曾要求几位老朋友来劝告,我听不进去,高卧破床,一语不发。我有些破罐破摔了。

伴随她,我曾在黄昏时踟蹰,去石家庄,托人找住处。披星戴月,赶开往家乡的长途汽车。在滹沱河大堤上行走,在大风沙中过摆渡。一次,往返四十里去县城,给她接洽工作,犯了前列腺炎,倒在路旁的禾场上,差一点出了大事。

最后终于离异,我总以为是政治的原因。她背着包袱,想找一个更可靠的靠山,在当时,我的处境,确是不很保险的。

所以,关于晚年续弦事,我从不怨天尤人,认为是我的患难一生中,必经的一步。我的命运注定,也不会有比这更好的一步了。

芸斋主人曰:婚姻一事,强调结合,讳言交易。然古谚云:嫁汉嫁汉,穿衣吃饭。物质实为第一义,人在落魄之时,不只王宝钏彩楼一球为传奇，即金玉奴豆汁一碗，也只能从小说上看到。况当政治左右一切之时乎！固知巫山一片云，阆苑一团雪，皆文士梦幻之词也。

一九八八年七月十三日

石　榴

我自幼年，就喜爱石榴树。从树干、枝叶到果实，我都觉得很美。我很想在自家的庭院中，种植一棵，也从集市上买过一株幼苗，离家以后死去了。所有关于石榴树的印象，都是在别人家的窗前阶下留下的。

我的家乡，临着滹沱河，每年发大水，一般农家，没有种花果树的习惯。大户人家的高宅大院里，偶尔有之。我印象最深的一棵石榴，是我在一九四七年，跟随冀中土改试点小组，在博野县一家房东院中见到的。

房东是一个中年寡妇，她有两个男孩子，一个女孩子。女孩子是老大；她细高身材，皮肤白皙，很聪明，好说笑，左眼角上，有一块麦粒大小的伤痕。整天蹲在机子上织布，给我做过一些针线。

在工作组，我是记者，带有体验生活的性质。又因为没有实际工作经验，领导上并不派我什么具体工作。

土改试点一开始，就从平汉路西面，传来一些极“左”的做法。在这个村庄，我第一次见到了对地主的打拉。打，是在会场上，用秫秸棍棒，围着地主斗争，也只是很少的几个积极分子。拉，是我一次在村边柳林散步时，偶尔碰到的。

正当夏季，地主穿着棉袄棉裤，躺卧在地下，被一匹大骡子拉着。骡子没有拉过这种东西，它很惊慌，一个青年农民，狠狠地控制着它，农民也很紧张，脸都涨青了。后面跟着几个贫雇农，幸亏没有人敲锣打鼓。

这显然是一种恐怖行动，群众不一定接受得了，但这是发动群众。不知是群众不得不这样做给领导看，还是领导不得不这样去领导。也不知是哪一个别有用心的人，这样来解释“一打一拉”的政策。

我赶紧躲开，回到房东那里，家里人都去会场了，就姑娘一个人在机子上。我坐在台阶上，说：

“小花，有水吗？我喝一口。”

她下来给我点火现烧，说：“怎么这样早，你就回来了？”

"那里没有我的事。"

"从来也没见过你讲话,你是吃粮不管事呀!"她说笑着,又蹬起机子来。

我也没有见过姑娘去开会,当然,家里也需要留个人看门。我望着台阶下,正在开花的石榴说:

"谁栽的?"

"我爹。没等到吃个石榴就死了。"

"甜的酸的?"

"甜的,住到中秋,送你一个大石榴。"

住的日子长了,在邻舍家吃派饭,听到过关于姑娘的一些闲言,说她前几年跳过一次井。眉上那伤疤,就是那次落下的,井就在她家门口。关于这种事,我从来不好多问,讲述的人,也就止住不讲了。

试点工作结束后,人们全撤离了。我走了几天,留恋这家人,骑车子又回来了。一进村,大街上空无一人,在路过地主家门时,那位被拉过的老头,正好走出来。他拄着拐杖,头上裹着一块白布。他用仇恨的目光注视着我。

我回到房东家,大娘对我的态度,和几天以前比,是大不一样了。我又到贫农团,主席对我也只是应付。

走在街上,有人在背后说:

“怎么又回来了？”

“准是住在小花家。”

我走回小花家，家里人都去地里干活了，小花正在迎门的板床上歇晌。她穿一身自己织纺的浅色花格裤褂，躺得平平的，胸部鼓动着，嘴唇翕张着，眉上的那块小疤痕，微微地跳动着。她现在美极了，在我眼前，是一幅油画，一座铜雕，一尊玉佛。

我退出来，坐在台阶上，凝视着那棵石榴树。天气炎热，石榴花正在盛开，像天上落下的一片红云。这时，一个穿得很讲究的年轻人，在大门外，玩弄枪支。前一阶段，从来没见过这个人。

不久，大娘回来了，我向她告别。她也没有留我，只是说：

“别人不知怎么说我们呢！”

后来，工作组的人说，他们听说我又回去了，曾捎信叫我赶紧离开。打扫战场，会出危险的。我也想到，那个玩枪的年轻人，很可能和小花跳井有关联，他是想把我吓走。

过了几年，我在附近下乡，又去过一次，没见到小花，早已出嫁了。因为是冬天，也就没有注意那棵石榴树。

我现在想：大娘是个寡妇，孩子们又小。她家是什么成分，说来惭愧，我当时也没问过，可能是中农。我住在她家，她给我做好饭吃，叫小花给我做针线活，她希望的是，虽不一定能沾我什么光，也不要被什么伤。她一家人，当时的表现，是既不靠前，也不靠后，什么事也不多讲，也不想分到什么东西。小花的跳井，可能是她老人家，极端避讳的话题，我的不看头势，冒冒失失，就使她更加不安了。

当我这样想通的时候，大娘肯定早已逝世。当时的年轻人，现时谁在谁不在，也弄不清楚了。

老年人，回顾早年的事，就像清风朗月，一切变得明净自然，任何感情的纠缠，也没有，什么迷惘和失望，也消失了。而当花被晨雾笼罩，月在云中穿度之时，它们的吸引力，是那样强烈，使人目不暇接，废寝忘食，甚至奋不顾身。

芸斋主人曰：城市所售石榴树苗，多为酸种。某年深秋，余游故宫，见御河桥上，陈列大石榴树两排。树皮剥裂为白色，叶已飘落尽，碗大石榴，垂摇白玉雕栏之上，红如玛瑙，叹为良种。时故宫博物院长为故人，很想向他要一枚，带回栽种。因念及宫禁，朋友又系洁身自好、一尘不染之君子，乃未启齿，至今以为憾事。

一九八八年七月十七日，大热

我留下了声音

前几年,也是冬季,一天清晨,有两个姑娘,到多伦道大院找我。在院里碰上了正要去上班的我们的总编辑老鲁。说明来意后,老鲁告诉她们,我还没有起床,就邀她们到报社去,先在他的办公室休息一下。

这两位姑娘,是北京一个文学团体,派出来和老年作家联系的。她们从济南坐了一夜火车到天津,已经很困乏了。

八点钟的时候,她们到了我的居室。她们衣着朴素,外面天气很冷,包裹得很严实。宽去了头巾外衣之后,我发现这两位姑娘,虽然态度腼腆,实在秀美异常,容光照人,立刻使我那空荡、破旧、清冷的房间增加了不少温暖和光彩。其中一个身材较高的,把一只小录音机,在我对面的桌子上,随手一丢,轻声说:"留下你的声音!"

众所周知,我是不大喜欢见客的,尤其是生人。有传说,一言不和,我就会中止和客人的谈话。另外,我从来也没有想过:要留下些什么。

虽然这一句话,对我很是陌生,对我这样年纪的人来说,更容易有一种不祥的刺激性。但我看得很清楚,姑娘是一番诚意。她已经退回远处的座位,她那俊俏的脸上,流露着天真的微笑。她是在认真地完成上级交给她的任务,她希望的是,要不失时机地把工作做好。她根本没有考虑,“留下”二字,代表的是什么。

看到她的举止和表情,我也完全忘记了,她们要求我做的事,意味着什么。我高兴地和她说笑着,把声音留在那小小的盒子里。

这真是偶然的机遇。若干年后,如果真的有人,对我的声音有兴趣,把磁带一放,他一定认为我是一个非常达观的人,非常乐观的人。

这就是青春的魅力。这些年来,凡是姑娘们叫我做的事,我总是乐意去做,不叫她们失望。即使她们有什么不对的地方,我也能很快原谅她们,同时容易引咎自责,先检讨自己。

直到现在,我也不知道,我是怕死,还是不怕死。我见过亲人的死亡,那确是很痛苦,也很可怕。

我接近死亡,或者已经进入了它的樊篱,已经多次。有时是敌人把我赶到那里;有时是自己人,把我赶到那里;有时是大自然;有时是自己跟自己过不去。

现在,当叫我留下些什么的时候,我竟忘记了这些不幸。我替她们做了很多事:找书籍,选选原稿,在她们的笔记本上签名题字。

另一位较矮的姑娘,带着一只照相机,她给我照了好多相, 然后两个人又轮流同我合影。这位姑娘更文静端庄。她在同我合影时,用双手抹抹头发,然后又平平衣裳前襟时的姿势神态,至今还留在我的记忆里。

当我做事的时候,她们前后帮助我,左右照拂我,使我受宠若惊,忘记了疲乏。

分别时,我叮嘱她们,照片洗好后,一定寄给我一份。

她们回去以后,就没有音讯。我也想得开:姑娘们回到机关,把录音机、照相机一交,就忙自己的事去了。到了这般年龄,她们的事情是很多的。

隔了一年多,她们的领导人,因为别的事,来到我家。谈话间,我和他提起了,两个姑娘在我这里做客的情形,还问到了照片的事。领导人答应回去给问问。

又隔了一段时间,领导人寄来几张照片,附着一封信说:“姑娘们照得并不好,资料组不愿给她们冲洗,就扔在一边了。现在勉强选了几张,给你寄去,希望原谅”云云。

我对自己的近年照片,一向没有兴趣,她们照得也确实平平,看来是漫不经心的。但其中有一张,我和拿录音机的姑娘的合影,我觉得还是照得不错的,姑娘的眼神非常好。只是没有我和拿照相机的那位姑娘的合影。

我把照片郑重地收藏起来。

今年冬季,我已迁入新居。因为地处偏僻,很少来客。

有一天清晨,听见一位女同志叫我,一时竟认不出,她自报姓名,才知道是时常想到的,那位拿照相机的姑娘。她的服装和发型,和上次都不一样了。在我眼中,她长高了一些,也瘦了一些。她已经做了母亲。那位拿录音机的姑娘,据她说,已调离了机关,也早结婚生孩子了。

她这次,是带了一班人马,来为我录相的。我从来没有录过相,我怕见那种光。来找的,我都以脑病拒绝了。但这一次,我不好拒绝,我要求她简单地照一下。

我换了一件新上衣,按照他们的要求,坐在那里。他们照了我的书房和起居室。至此,我就不只留下了声音,也留下了形象。然后,我和他们全体,又合拍了一张相片。

我要求她,回去以后,把这次的合影给我寄来。

她走了以后,就又没有了信息。我想:一定和上次一样,回去一交差,就算完事了。有了小孩,她就更忙了。

芸斋主人曰:风雨交加,坎坷满路。余至晚年,极不愿回首往事,亦不愿再见悲惨、丑恶,自伤心神。然每遇人间美好、善良,虽属邂逅之情谊,无心之施与,亦追求留恋,念念不忘,以自慰藉。彩云现于雨后,皎月露于云端。赏心悦目,在一瞬间。于余实为难逢之境,不敢以虚幻视之。至于个人之留存,其沉埋消失,必更速于过眼云烟矣。

一九八九年一月十六日写讫

菜　花

每年春天,去年冬季贮存下来的大白菜,都近于干枯了,做饭时,常常只用上面的一些嫩叶,根部一大块就放置在那里。一过清明节,有些菜头就会鼓胀起来,俗话叫做菜怀胎。慢慢把菜帮剥掉,里面就露出一株连在菜根上的嫩黄菜花,顶上已经布满像一堆小米粒的花蕊。把根部铲平,放在水盆里,安置在书案上,是我书房中的一种开春景观。

菜花,亭亭玉立,明丽自然,淡雅清净。它没有香味,因此也就没有什么异味。色彩单调,因此也就没有斑驳。平常得很,就是这种黄色。但普天之下,除去菜花,再也见不到这种黄色了。

今年春天,因为忙于搬家,整理书籍,没有闲情栽种一株白菜花。去年冬季,小外孙给我抱来了一个大旱萝卜,家乡叫做灯笼红。鲜红可爱，本来想把它雕刻成花篮，撒上小麦种，贮水倒挂，像童年时常做的那样。也因为杂事缠身，胡乱把它埋在一个花盆里了。一开春，它竟一枝独秀，拔出很高的茎子，开了很多的花，还招来不少蜜蜂儿。

这也是一种菜花。它的花，白中略带一点紫色，给人一种清冷的感觉。它的根茎俱在，营养不缺，适于放在院中。正当花开得繁盛之时，被邻家的小孩，揪得七零八落。花的神韵，人的欣赏之情，差不多完全丧失了。

今年春天风大，清明前后，接连几天，刮得天昏地暗，厨房里的光线，尤其不好。有一天，天晴朗了，我发现桌案下面，堆放着蔬菜的地方，有一株白菜花。它不是从菜心那里长出，而是从横放的菜根部长出，像一根老木头长出的直立的新枝。有些花蕾已经开放，耀眼地光明。我高兴极了，把菜帮菜根修了修，放在水盂里。

我的案头，又有一株菜花了。这是天赐之物。

家乡有句歌谣：十里菜花香。在童年，我见到的菜花，不是一株两株，也不是一亩二亩，是一望无边的。春阳照拂，春风吹动，蜂群轰鸣，一片金黄。那不是白菜花，是油菜花。花色同白菜花是一样的。

一九四六年春天，我从延安回到家乡。经过八年抗日战争,父亲已经很见衰老。见我回来了,他当然很高兴,但也很少和我交谈。有一天,他从地里回来,忽然给我说了一句待对的联语:丁香花,百头,千头,万头。他说完了,也没有叫我去对,只是笑了笑。父亲做了一辈子生意,晚年退休在家,战事期间,照顾一家大小,艰险备尝。对于自己一生挣来的家产,爱护备至,一点也不愿意耗损。那天,是看见地里的油菜长得好,心里高兴,才对我讲起对联的。我没有想到这些,对这副对联,如何对法,也没有兴趣,就只是听着,没有说什么。当时是应该趁老人高兴,和他多谈几句的。没等油菜结籽,父亲就因为劳动后受寒,得病逝世了。临终,告诉我,把一处闲宅院卖给叔父家,好办理丧事。

现在,我已衰暮,久居城市,故园如梦。面对一株菜花,忽然想起很多往事。往事又像菜花的色味,淡远虚无,不可捉摸,只能引起惆怅。

人的一生,无疑是个大题目。有不少人,竭尽全力,想把它撰写成一篇宏伟的文章。我只能把它写成一篇小文章,一篇像案头菜花一样的散文。菜花也是生命,凡是生命,都可以成为文章的题目。

一九八八年五月二日灯下写讫

转 移

我终于要离开这个大院了。

一九五一年，从天津山西路移居此院。先住后面小屋，又搬到后院楼上，再搬到正房中间，又搬到正房西侧。除去“文革”三年，没有离开过。

三十七年间，私人之事有：我之得病，母亲去世。“文革”中，白昼轮番抄家，寅夜聚众入室。限两小时，扫地出门，流放到佟楼去等等。国家之事有：反胡风，反丁陈，三年困难，文化革命，大地震等等。他人之事，亦变幻百端，不及详记。

人们都说我不愿搬家。人的感情是复杂的，这也很难说清楚。我之迟迟不搬，实由于惰性，并非因为这里是宝地。

大院之变化，乃时代之缩影。在这里，静观默察，确实看到了,近似沧海桑田的自然景观;也体会到了,无数翻云覆雨的人情世态。很多是过去不能懂得的。

十年动乱,大地震,是人性的大呈现。小人之用心,在于势利,多起自嫉妒。卑鄙阴毒,出人意表。平时闷闷,唯恐天下不乱。一遇机会,则乘国家之危,他人之不幸,刀砍斧劫,什么事都干得出来。几年以前,一位老同事,曾对我说:再遇大乱,还有老百姓,像根据地那样,掩护我们吗?我笑而不答。心想:不出大门,五步之内,会遇到什么人,什么事,都很难说。这位同事有心脏病。文化大革命时,因为他老婆的关系,有一派人保他,没有受过什么罪,所以还会有以上想法。他好像有什么预感,很快就搬走了。

青年作家某,曾对我感叹说:人,不怕贼偷,就怕贼琢磨。我以为是名言,深记不忘。

在这里,我是最老的住户,人熟地熟,都是好事。但这个地方,常常引起我不愉快的回忆,和对未来的恐惧。我实在不愿再看到一些人的面孔,不愿再听到一些人的声音。见到或听到,都能使我在白天五内不安,在夜间辗转反侧。这次搬家,与其说是搬开环境,不如说是搬开视听,求得耳目一新。

这种感情,过去也是没有的,天实为之。

青年时出来抗日革命，是两袖清风，一无所有的。及至晚年，无甲可解，无田可归。国家给安排一套四居室的住房，虽挤于楼群之中，四方干扰，也算不错了。

笨鸟先飞，从春节以后，就开始整理东西，今已初步就绪。计书籍二十一箱，书画一箱，瓷器五筐，文具一筐，衣服被褥五箱，破鞋烂袜一筐。其他生活用品，如锅碗盆勺，尚未收拾。

行李之大，长物之众，我自己也感到吃惊和厌烦了。奇怪的是，什么东西也不肯丢，舍不得处理。很多都是过时、破旧、无用之物，如一针一线也不放弃，搬过去，将无处堆放。

书籍，“文革”时是四旧之长。现在，有好几位过去的造反者，恭维地对我说：你那些书，都是无价之宝呀！这又使我为之不安，认为是一大隐患。就像过去，他们传说我有多少古董一样。

老屋，已经没有什么可留恋之处。门窗都坏了，没有一扇关得严实，冬天很冷。房顶每年漏雨，房子周围，盖满了小屋，连放个梯子上去修理，都遇到困难。前些日子，天花板的一角，已经塌落，幸未伤人。

另外，这次搬家，比“文革”时那次搬家，体面多了。孩子们给买了新灯，新窗帘，张挂起来，到时一定有一番红花热闹的。

一九八八年六月十二日凌晨记

吃菜根

人在幼年,吃惯了什么东西,到老年,还是喜欢吃。这也是一种习性。

我在幼年,是吃五谷杂粮长大的,是吃蔬菜和野菜长大的。如果说,到了现在,身居高楼,地处繁华,还不忘糠皮野菜,那有些近于矫揉造作;但有些故乡的食物,还是常常想念的,其中包括“甜疙瘩”。

甜疙瘩是油菜的根部,黄白色,比手指粗一些,肉质松软,切断,放在粥里煮,有甜味,也有一些苦味,北方农民喜食之。

蔓菁的根部,家乡也叫“甜疙瘩”。两种容易相混,其食用价值是一样的。

母亲很喜欢吃甜疙瘩,我自幼吃的机会就多了,实际上,农民是把它当作粮食看待,并非佐食材料。妻子也喜欢吃，我们到了天津，她还在菜市买过蔓菁疙瘩。

我不知道，当今的菜市，是否还有这种食物，但新的一代青年，以及他们的孩子，肯定不知其为何物，也不喜欢吃它的。所以我偶然得到一点，总是留着自己享用，绝不叫他们尝尝的。

古人常用嚼菜根，教育后代，以为菜根不只是根本，而且也是一种学问。甜味中略带一种清苦味，其妙无穷，可以著作一本“味根录”。其作用，有些近似忆苦思甜，但又不完全一样。

事实是：有的人后来做了大官，从前曾经吃过苦菜。但更多的人，吃了更多的苦菜，还是终身受苦。叫吃巧克力奶粉长大的子弟“味根”，子弟也不一定能领悟其道；能领悟其道的，也不一定就能终身吃巧克力和奶粉。

我的家乡，有一种地方戏叫“老调”，也叫“丝弦”。其中有一出折子戏叫“教学”。演的是一个教私塾的老先生，天寒失业，沿街叫卖，不停地吆喝：“教书！”“教书！”最后，抵挡不住饥肠辘辘，跑到野地里去偷挖人家的蔓菁。

这可能是得意的文人，写剧本奚落失意的文人。在作者看来，这真是斯文扫地了，必然是一种“失落”。因为在集市上，人们只听见过卖包子，卖馒头的吆喝声，从来没有听见过卖“教书”的吆喝声。

其实，这也是一种没有更新的观念，拿到商业机制中观察，就会成为宏观的走向。

今年冬季，饶阳李君，送了我一包油菜甜疙瘩，用山西卫君所赠棒子面煮之，真是余味无穷。这两种食品，用传统方法种植，都没有使用化肥，味道纯正，实是难得的。

一九八九年一月九日试笔

拉洋片

劳动、休息、娱乐,构成了生活的整体。人总是要求有点娱乐的。

我幼年的时候,每逢庙会,喜欢看拉洋片。艺人支架起一个用蓝布围绕的镜箱,留几个眼孔,放一条板凳,招揽观众。他自己站在高凳上,手打锣鼓,口唱影片的内容情节,给观众助兴。同时上下拉动着影片。

也就是五六张画片,都是彩画,无非是一些戏曲故事,有一张惊险一些,例如人头落地之类。最后一张是色情的,我记得题目叫"大闹瓜园"。

每逢演到这一张的时候,艺人总是眉飞色舞,唱词也特别朦胧神秘,到了热闹中间,他喊一声:"上眼!"然后在上面狠狠盖上一块木板,影箱内顿时漆黑,什么也看不见了。

他下来一一收钱,并做鬼脸对我们说:

“怎么样小兄弟,好看吧?”

这种玩意,是中国固有,可能在南宋时就有了。

以后,有了新的洋片。这已经不是拉,而是推。影架有一面影壁墙那么大,有两个艺人,各站一头,一个人把一张张的照片推过去,那一个人接住,放在下一格里推回。镜眼增多了,可容十个观众。

他们也唱,但没有锣鼓。照片的内容,都是现实的,例如天津卫的时装美人,杭州的风景等等。

可惜我没有坐下来看过,只看见过展露的部分。

后来我在北平,还在天桥拉洋片的摊前停留,差一点叫小偷把钱包掏去。

其实,称得起洋字的,只是后一种。不只它用的照片,与洋字有关,照片的内容,也多见于十里洋场的大城市。它更能吸引观众,敲锣打鼓的那一种,确是相形见绌了。

有了电影以后,洋片也就没有生意了。

影视二字,包罗万象,妙不可言。如果说是窗口,则窗口越大,看得越远,越新奇越好。

有一个村镇,村民这些年收破烂,炼铝锭、铜锭,发了大财,盖起新房,修了马路,立集市,建庙会,请了两台大戏来演唱,热闹非凡。一天夜里,一个外地人,带了一台放像机来,要放录像。消息传开,戏台下的青年人,一哄而散,都看录像去了。台下只剩几个老头老婆,台上只好停演。

一部不声不响进村的录像,立刻夺走了两台紧锣密鼓的大戏,就因为它是外来的,新奇的,神秘的。

我想,那几个老头老婆,如果不是观念还没有更新,碍于情面,一定也跟着去开眼了。

理论界从此再也不争论,现代派和民族派,究竟谁能战胜谁的问题了。

一九八九年一月十日

看电视

从去年八月间，迁入新居以后，我有了一台电视机。

搬入新居，不同旧地，要有一个人做伴，小孙子来了。他在我身边，很拘束，也很闷，不大安心，我的女儿就把她家换下来的，一台黑白十二吋电视，搬来放在小孙子的房间。

后来，小孙子终于走了，我搬到他的房间睡觉，就享有了这台电视机。

多少年来，我一直没有购置这种玩意，也没有正式看过。现在，一个人坐在屋里，暖气烧得很旺，太阳照满全屋，窗明几净，粉壁无瑕，抚今思昔，顿时有一种苦尽甘来，晚景如春之感。这正是需要锦上添花之时，按照小孙子教给我的做法，随手就拉开了电视。

有一个大圆球显示在我的眼前，里面在放送音乐。音乐我也听。这二年,我每天晚上听流行音乐;每天早上听西洋名曲。时间长了,还真是听出了一些味道。

听完音乐,不久就是电大的植物学课程,我接着看。这位教授很有学者风度,讲得也好。我在中学就喜欢植物学,考试成绩不错。现在一听这个科,那个目,还是很有兴趣。听着这种课程,我的心情总是非常平静,走进忘我的境界。它不同于看报纸、读文件、听广播。这里没有经济问题,也没有政治问题。没有历史,也没有现实。它不会引起思想波动, 思想斗争。它只是说明自然界的进化现象,花和叶的生长规律。没有新观念和旧观念的冲突,意识形态的混乱,以及修辞造句的胡说八道。

植物学,今天就讲到这里。下面是动物世界。以前很多朋友劝我买电视机,都说:别的不看,新闻联播和动物世界,还是可以看看的。先是海底世界,大鱼吃小鱼;陆上,弱肉强食, 有的生角才能保护自己, 有的生刺才能得安生。寻食、追逐、交配,赤裸裸的一种凶残、贪婪之象,充满画面。讲解员说:大鱼吃小鱼,是为了自然界的生态平衡,不然小鱼就会臭在海底, 对人类不利。既是动物世界,看着看着,就不能不联想到人类:战争、饥荒、洪水、蝗虫,加上地震、人为的灾难,是否也是大自然在冥冥之中,为了生态平衡,而不得不采取的措施?

这是哲学,不愿想,电视也不愿看了。刚要关上,荧光屏上出现了一个白胡子老头。在童年,每逢听故事遇到难题时,就会出现一个白胡子老头。

这是名人名言节目,泰戈尔说:把友谊献给别人,是本身的一种快乐。

我上中学时,就不喜欢动物学,但对文学家的话,还是相信的。

下面是英语教学,这位外国女教师,教得多么好。我从十二岁学习英文,学了整整八年,经历的英文老师,男的女的,有十几位,谁也没有这位女士教得好。我聚精会神地听着,看着。我没有别的野心,不想出国留学,也不想交外国朋友。我只是想证实一下,当初废寝忘食学了那么多年的英文,我现在还记得多少。

各地风光,我也爱看。现在正介绍五台山和尚们的生活。五台山,和尚们,久违了。抗日战争期间,我曾在北台顶一家大寺院,和僧人们睡在一条烧得很暖的炕上,和他们交了朋友,至今念念不忘。

一位故去的女作家曾说:看破红尘的人,是世界上最自私的人。但在逝世前,她又说:她要去成仙成佛了。这使我迷惑不解。据我想：在家出家，做官为民，都要吃饭。庙宇成为旅游圣地之后，香火虽多，却已不是静修之处。

在南北朝时出家，是最阔气的了，那时，不管南方北方，都崇尚佛教，寺庙盖得最讲究，皇帝皇太后都支持。僧尼吃的穿的，实非现在所能比拟。古今僧尼的心态，恐怕也有些不同吧。

当前有一种新口号，叫“迎接挑战”。有的人喊着这种口号，官品越来越高，待遇越来越丰厚，叫的劲头也就越大。他养尊处优，一点战斗的气息也没有，一点危险也没有。这只能看作是时代英雄的“口头禅”，远没有僧尼的呢喃可信。

孩子们看见我这样入迷，都很高兴，说：“早就劝你买一台，你就是不买，你看多好，回头换一台彩色的吧！”

一九八九年一月十三日写讫

悼曼晴

最近,使我难过的事,是听到曼晴逝世的消息。

曼晴,在我心中,够得上是一个好人。一个忠厚的人,一个诚实的人,一个负责的人。称之为朋友,称之为战友,称之为同志,都是当之无愧的。

曼晴像一个农民。我同他的交游,已写在《吃粥有感》一文,和为他的诗集写的序言之中。文中记述,1940年冬季反扫荡时,我同他结伴,在荒凉、沉寂和恐怖的山沟里活动的情景:一清早上山,拔几个胡萝卜充饿;夜晚,背靠背宿在羊群已经转移的空羊圈里。就在这段时间,我们联名发表了两篇战斗通讯。

这也可以说是战斗。实际上,既没有战斗部队掩护,也没有地方干部带路。我们没有携带任何武器,游而不击,"流窜"在这一带的山头、山谷。但也没有遇到过敌人,或是狼群，只遭到一次疯狂的轰炸。

一想起曼晴，就会想起这段经历。后来，我们还写了充满浪漫蒂克情调的诗和小说。

以上这些情景，随着时间的推移，伴着一代人的消亡，已经逐渐变成遥远的梦境，褪色的传奇，古老的童话，和引不起兴趣的说教。

我很难说清，自己当前的心情。曼晴就不会想这么多，虽然他是诗人。曼晴是一个很实际的人，从不胡思乱想。

抗日战争时期，曼晴编辑《诗建设》(油印)，发表过我的诗作。解放战争时期，他编辑《石家庄日报》(小报)，发表过我写的小说。“文革”以后，他在石家庄地区文联，编辑土里土气的刊物《滹沱河畔》。我的诗，当时没有地方发表，就给他寄去，他都给刊出了。后来，我请他为我的诗集，写一篇序言。文中他直率地说，他并不喜欢我那些没有韵脚的诗。

我不断把作品寄到他手中，是因为他可以信赖；他不喜欢我的诗，而热情刊登，是重视我们之间的友谊。

曼晴活了八十岁。这可以说是好人长寿，福有应得。他退休时，是地区文联主席，党组书记。官职不能算高，可也是他达到的最高职位了。比起显赫的战友，是显得寒酸了一些。但人们都知道,曼晴是从来不计较这些的。他为之奋斗的是诗,不是官位。

他在诗上,好像也没有走红运。晚年才出版了一本诗集,约了几个老朋友座谈了一下,他已经很是兴奋。不顾大病初愈,又爬山登高,以致旧病复发,影响了健康,直到逝世。

这又可以说,他为诗奋斗了一生,诗也给他带来了不幸。

一九八九年三月七日

论曰:友朋之道,实难言矣。我国自古重视朋友,列为五伦之一。然违反友道之事实,不只充斥于史记载籍,且泛滥于戏曲小说。圣人通达,不悖人情之常,只言友三益。直、谅、多闻之中,直最为重要。直即不曲,实事求是之义。历史上固有赵氏孤儿,刎颈之交等故事,然皆为传奇,非常人所能。士大夫只求知音而已。至于《打渔杀家》,倪荣赠了些银两,萧恩慨叹说:这才是我的好朋友啊,也只是江湖义气,不足为重。古人所说:一贵一贱,交情乃见;一死一生,乃见交情。以及:使生者死,死者复生,见面无愧于心等等,都是因世态而设想,发明警语,叹人情之冷暖多变也。旧日北京，官场有俗语：太太死了客满堂，老爷死了好凄凉，也是这个意思，虽然有轻视妇女的味道。然而，法尚且不责众，况人情乎？以“文革”为例：涉及朋友，保持沉默，已属难得；如责以何不为朋友辩解，则属不通。谈一些朋友的缺点，也在理应之例，施者受者，事后均无须介意。但如无中生有，胡言乱语，就有点不够朋友了。至于见利忘义，栽赃陷害，卖友求荣，则虽旁观路人，妇人孺子，亦深鄙之，以为不可交矣：人重患难之交，自亦有理。然古来又多可共患难，不可共安乐之人。此等人，多出自政治要求，权力之事，可不多赘。

余之交友，向如萍水相逢，自然相结，从不强求。对显贵者，有意稍逊避之；对失意者，亦不轻易加惠于人。遵淡如水之义，以求两无伤损。余与曼晴，性格相同，地位近似，一样水平，一路角色，故能长期保持友谊，终其生无大遗憾也。

八日晨又记

记邹明

我和邹明，是一九四九年进城以后认识的。《天津日报》，由冀中和冀东两家报纸组成。邹明是冀东来的，他原来给首长当过一段秘书，到报社，分配到副刊科。我从冀中来，是副刊科的副科长。这是我参加革命十多年后，履历表上的第一个官衔。

在旧社会，很重视履历。我记得青年时，在北平市政府工务局，弄到一个书记的职位，消息传到岳父家，曾在外面混过事的岳叔说："唉！虽然也是个职位，可写在履历上，以后就很难长进了。"

我的妻子，把这句话，原原本本地向我转述了。当时她既不知道，什么叫做履历，我也不通世故宦情，根本没往心里去想。

及至晚年，才知道履历的重要。曾有传说，有人对我的级别,发生了疑问,差一点没有定为处级。此时,我的儿子,也已经该是处级了。

我虽然当了副刊科的副科长,心里也根本没有把它当成一个什么官儿。在旧社会,我见过科长,那是很威风的。科长穿的是西装,他下面有两位股长,穿的是绸子长衫。科长到各室视察,谁要是不规矩,比如我对面一位姓方的小职员,正在打瞌睡,科长就可以用皮鞋踢他的桌子。但那是旧衙门,是旧北平市政府的工务局,同时,那里也没有副科长。科长,我也只见过那一次。

既是官职,必有等级。我的上面有:科长、编辑部正副主任,正副总编、正副社长。这还只是在报社,如连上市里,则又有宣传部的处长、部长、文教书记等等。这就像过去北京厂甸卖的大串山里红,即使你也算是这串上的一个吧,也是最下面,最小最干瘪的那一个了。但我当时并未在意。

我这副科长,分管文艺周刊,手下还有一个兵,这就是邹明。他是我的第一个下级,我对他的特殊感情,就可想而知了。

但是除去工作,我很少和他闲谈。他很拘谨,我那时也很忙。我印象里,他是福建人,他父亲晚年得子,从小也很娇惯。后来爱好文学,写一些评论文字,参加了革命。这道路,和我大致是相同的。

他的文章,写得也很拘谨,不开展,出手很慢,后来也就很少写了。他写的东西,我都仔细给他修改。

进城时,他已经有爱人孩子。我记得,我的家眷初来,还是住的他住过的房子。

那是一间楼下临街的,大而无当的房子,好像是一家商店的门脸。我们搬进去时,厕所内粪便堆积,我用了很大力气淘洗,才弄干净。我的老伴见我勇于干这种脏活儿,曾大为惊异。我当时确是为一大家子人,能有个栖身之处,奋力操劳。文化大革命时,一些势利小人,编造无耻谰言,以为我一进报社,就享受什么特殊的待遇,是别有用心的。当时我的职位和待遇,比任何一个同类干部都低。对于这一点,我从来不会特别去感激谁,当然也不会去抱怨谁。

关于在一起工作时的一些细节,我都忘记了。可能相互之间,也有过一些不愉快。但邹明一直对我很尊重。在我病了以后,帮过我一些忙。我们家里,也不把他当作外人。当我在外养病三年,回家以后,老伴曾向我说过:她有一次到报社去找邹明,看见他拿着刨子,从木工室出来,她差一点没有哭了。又说:我女儿的朝鲜同学,送了很多鱿鱼,她不会做,都送给邹明了。

等到文化大革命开始,她在公共汽车上,碰到邹明,流着泪向他诉说家里的遭遇,邹明却大笑起来,她回来向我表示不解。

我向她解释说:你这是古时所谓妇人之恩,浅薄之见。你在汽车上,和他谈论这些事,他不笑,还能跟着你哭吗?我也有这个经验。一九五三年,我去安国下乡,看望了胡家干娘。她向我诉说了土改以后的生活,我当时也是大笑。后来觉得在老人面前,这样笑不好,可当时也没有别的方式来表示。我想,胡家干娘也会不高兴的。

从我病了以后,邹明的工作,他受“反右”的牵连,他的调离报社,我都不大清楚。文化大革命后期,有一次我从干校回来,在报社附近等汽车,邹明看见我,跑过来说了几句话。后来,我搬回多伦道,他还在山西路住,又遇见过几次,我约他到家来,他也总没来过。

“四人帮”倒台以后,报社筹备出文艺双月刊,人手不够。我对当时的总编辑石坚同志说,邹明在师范学院,因为口音,长期不能开课,把他调回来吧!很快他就调来了,实际是刊物的主编。

我有时办事莽撞，有一次回答丁玲的信，写了一句：我们小小的编辑部，于是外人以为我是文艺双月刊的主编。这可能使邹明很为难，每期还送稿子，征求我的意见，我又认为不必要，是负担。等到我明白过来，才在一篇文章中声明：我不是任何刊物的主编，也不是编委。这已经是几年以后了。

在我当选市作协主席后，我还推荐他去当副秘书长。后来，我不愿干了，不久，他也就被免掉了。

“文革”以后，有那么几年，每逢春季，我想到郊区农村转转，邹明他们总是要一辆车，陪我去。有人说我是去观赏桃花，那太风雅了。去了以后，我发见总是惊动区、村干部，又乱照相，也玩不好，大失本意，后来就不愿去了。最后一次，是到邹明下放过的农村去。到那里，村干部大摆宴席，喝起酒来，我不喝酒，也陪坐在炕上，很不自在。临行时，村干部装了三包大米，连司机，送我们每人一包。我严肃地对邹明说，这样不行。结果退了回去，当然弄得大家都不高兴，回来的路上，谁也没有说话。以后就再没有一同出过门。

邹明好看秘籍禁书，进城不久，他就借来了《金瓶梅》。他买的宋人平话八种，包括金主亮荒淫那一篇。他还有这方面的运气,我从街头买了一部《今古奇观》,因是旧书,没有细看就送给他了。他后来对我说,这部书你可错出手了,其中好些篇,是按古本三言二拍排印的,没有删节,非一般版本可比。说时非常得意。前些日子,山东一位青年,寄我一本五角丛书本的中外禁书目录,我也托人带给他了。在我大量买书那些年,有了重本,我总是送他的。

曾有一次,邹明当面怏怏地说我不帮助人。当时,我不明白他指的什么方面,就没有说话。他说的是事实,在一些大问题上,我没有能帮助他。但我也并不因此自责。我的一生,不只不能在大事件上帮助朋友,同样也不能帮助我的儿女,甚至不能自助。因为我一直没有这种能力,并不是因为我没有这种感情。

这些年,我写了东西,自己拿不准,总是请他给看一看。

"老邹,你看行吗?有什么问题吗?"我对他的看文字的能力,是完全信赖的。

他总是说好,没有提过反对的意见。其实,我知道,他对文、对事、对人,意见并不和我完全相同。他所以不提反对意见,是在他的印象里,我可能是个听不进批评的人。这怨自己道德修养不够,不能怪他。有一次,有一篇比较麻烦的作品,我请他看过,又像上面那样问他,他只是沉了沉脸说:“好,这是总结性的!”

我终于不明白,他是赞成,还是反对,最后还是把那篇文章发表了。

另有一次,我几次托他打电话,给北京的一个朋友,要回一篇稿子。我说得很坚决,但就是要不回来,终于使我和那位朋友之间,发生了不愉快。我后来想,他在打电话时,可能变通了我的语气。因为他和那位同志,也是要好的朋友。

邹明喜欢洋玩艺,他劝我买过一支派克水笔,在“文革”时,我专门为此挨了一次批斗。我老伴病了,他又给买了一部袖珍收音机,使病人卧床收听。他有机会就兴致勃勃地给我介绍新兴的商品,后来,弄得我总是笑而不答。

邹明除去上班,还要回家做饭,每逢临近做饭时间,他就告辞,我也总是说一句:“又该回去做饭了?”

他就不再言语,红着脸走了,很不好意思似的。以后,我就不再说这句话了。

有一家出版社委托他编一本我谈编辑工作的书。在书后,他愿附上他早年写的经过我修改的一篇文章。我劝他留着,以后编到他自己的书里。我总是劝他多写一些文章，他就是不愿动笔，偶尔写一点，文风改进也不大。

他的资历、影响，他对作家的感情和尊重，他在编辑工作上的认真正直，在文艺界得到了承认。大批中青年作家，都是他的朋友。丁玲、舒群、康濯、魏巍对他都很尊重，评上了高级职称，还得到了全国老编辑荣誉奖，奖品是一个花岗岩大花瓶，足有五公斤重。评委诸公不知如何设计的，既可作为装饰，又可运动手臂，还能显示老年人的沉稳持重。难为市作协的李中，从北京运回三个来，我和万力，各得其一。

邹明病了以后，正值他主编的刊物创刊十周年。他要我写一点意见，我写了。他愿意寄到《人民日报》先登一下，我也同意了。我愿意他病中高兴一下。

自从他病了以后，我长时间心情抑郁，若有所失。回顾四十年交往，虽说不上深交，也算是互相了解的了。他是我最接近的朋友，最亲近的同事。我们之间，初交以淡，后来也没有大起大落的波折变异。他不顺利时，我不在家。“文革”期间，他已不在报社。没有机会面对面地相互进行批判。也没有发见他在别的地方，用别的方式对我进行侮辱攻击。这就是很不容易，值得纪念的了。

我老了，记忆力差，对人对事，也不愿再多用感情。以上所记,杂乱无章,与其说是记朋友,不如说是记我本人。是哀邹明,也是哀我自己。我们的一生,这样短暂,却充满了风雨、冰雹、雷电,经历了哀伤、凄楚、挣扎,看到了那么多的卑鄙、无耻和丑恶,这是一场无可奈何的人生大梦,它的觉醒,常常在瞑目临终之时。

我和邹明,都不是强者,而是弱者;不是成功者,而是失败者。我们从哪一方面,都谈不上功成名遂,心满意足。但也不必自叹弗如,怨天尤人。有很多事情,是本身条件和错误所造成。我常对邹明说:我们还是相信命运吧! 这样可以减少很多苦恼。邹明不一定同意我的人生观,但他也不反驳我。

我发见,邹明有时确是想匡正我的一些过失;我有时也确是把他当作一位老朋友,知心人,想听听他对我的总的印象和评价。但总是错过这种机会,得不到实现。原因主要在我不能使他免除顾虑。如果邹明从此不能再说话,就成了我终生的一大遗憾。此时此刻,朋友之间,像他这样了解我的人,实在不太多了。

邹明一生,官运也不亨通。我在小汤山养病时,有报社一位老服务员跟随我,他曾对我老伴说:报社很多人,都不喜欢邹明,就是孙犁喜欢他。他的官运不通,可能和他的性格有关，他脾气不好。在报社，第一阶段，混到了文艺部副主任，和我那副科长，差不多。第二阶段，编一本默默无闻，只能销几千份的刊物，直到今年十月一期上，才正式标明他是主编，随后他就病倒了。人不信命，可乎！

邹明好喝酒，饮浓茶，抽劣质烟。到我那里，我给他较好的烟，他总是说：那个没劲儿。显然，烟酒对他的病也都不利。

二三十年代，有那么多的青年，因为爱好文艺，从而走上了革命征途。这是当时社会大潮中的一种壮观景象。为此，不少人曾付出各式各样的代价，有些人也因此在不同程度上误了自身。幸运者少，悲剧者多。我现在想，如果邹明一直给首长当秘书，从那时就弃文从政、从军，虽不一定就位至显要，在精神和物质生活方面，总会比现在更功德圆满一些吧。我之想起这些，是因为也曾有一位首长，要我去给他当秘书，别人先替我回绝了，失去了做官的一次机会，为此常常耿耿于怀的缘故。

现在有的人，就聪明多了。即使已经进入文艺圈的人，也多已弃文从商，或文商结合。或以文沽名，而后从政；或政余弄文，以邀名声。因而文场芜杂，士林斑驳。干预生活，是干预政治的先声；摆脱政治，是醉心政治的烟幕。文艺便日渐商贾化、政客化、青皮化。

邹明比我可能好一些，但也不是一个聪明人。在一些问题上，在生活行动上，有些旧观念。他不会投政治之机，渔时代之利，因此也不会得风气之先。他一直不能成为一个时代的宠儿，耀眼的明星。他常常有点畸零之感，有些消极的想法。然又不甘把时间浪费，总想做些力所能及的事情。考核他几十年所作所为，我以为还都是于国家于人民有益的。但像这种工作方式，特别在目前局势来说，是吃不开的，不受重视的。除去业务，他没有其他野心；自幼家境富裕，也不把金钱看得那么重。他既不能攀援权要以自显，也不屑借重明星以自高。因此，他将永远是默默无闻的，再过些年，也许会被人忘记的。

很多外人，把邹明说成是我的“嫡系”，这当然有些过分。但长期以来，我确把他看作是自己的一个帮手。进入晚年，我还常想，他能够帮助我的孩子们，处理我的后事。现在他的情况如此，我的心情，是不用诉说的。

写于一九八九年十二月十一日

记春节

如果说我也有欢乐的时候,那就是童年。而童年最欢乐的时候,则莫过于春节。

春节从贴对联开始。我家地处偏僻农村,贴对联的人家很少。父亲在安国县做生意,商家讲究对联,每逢年前写对联时,父亲就请写好字的同事,多写几副,捎回家中。

贴对联的任务,是由叔父和我完成。叔父不识字,一切杂活:打糨糊、扫门板、刷贴,都由他做。我只是看看父亲已经在背面注明的"上、下"两个字,告诉叔父,他按照经验,就知道分左右贴好,没有发生过错误。我记得每年都有的一副是:荆树有花兄弟乐,砚田无税子孙耕。这是父亲认为合乎我家情况的。

以后就是树天灯。天灯,村里也很少人家有。据说,我家树天灯,是为父亲许的愿。是一棵大杉木,上面有一个三角架,插着柏树枝,架上有一个小木轮,系着长绳。树起以后,用绳子把一个纸灯笼拉上去。天灯就树在北屋台阶旁,村外很远的地方,也可以望见。母亲说:这样行人就不迷路了。

再其次就是搭神棚。神棚搭在天灯旁边,是用一领荻箔。里面放一张六人桌,桌上搬着五供和香炉,供的是全神, 即所谓天地三界万方真宰。神像中有一位千手千眼佛,幼年对她最感兴趣。人世间,三只眼、三只手,已属可怕而难斗。她竟有如此之多的手和眼, 可以说是无所不见,无所不可捞取,能量之大,实在令人羡慕不已。我常常站在神棚前面,向她注视,这样的女神,太可怕了。

五更时,母亲先起来,把人们叫醒,都跪在神棚前面。院子里撒满芝麻秸,踩在上面,吧吧作响,是一种吉利。由叔父捧疏,疏是用黄表纸,叠成一个塔形,其中装着表文,从上端点着。母亲在一旁高声说:“保佑全家平安。”然后又大声喊:“收一收!”这时那燃烧着的疏,就一收缩,噗的响一声。“再收一收!”疏可能就再响一声。响到三声,就大吉大利。这本是火和冷空气的自然作用,但当时感到庄严极了,神秘极了。

最后是叔父和我放鞭炮。我放的有小鞭,灯炮,塾子鼓。春节的欢乐,达到高潮。

这就是童年的春节欢乐。年岁越大,欢乐越少。二十五岁以后,是八年抗日战争的春节,枪炮声代替了鞭炮声。再以后是三年解放战争,土地改革的春节。以后又有文化大革命隔离的春节,放逐的春节,牛棚里的春节等等。

前几年,每逢春节,我还买一挂小鞭炮,叫孙儿或外孙儿,拿到院里放放,我在屋里听听。自迁入楼房,连这一点高兴,也没有了。每年春节,我不只感到饭菜、水果的味道,不似童年,连鞭炮的声音也不像童年可爱了。

今年春节,三十晚上,我八点钟就躺下了。十二点前后,鞭炮声大作,醒了一阵。欢情已尽,生意全消,确实应该振作一下了。

一九九〇年二月二日上午

悼万国儒

前几天，张知行去世，得到消息，人已经火化，连个花圈也来不及送，心里很别扭。这件事还没有放下，昨天来了一位客人，又告诉我，万国儒也在前两天去世了。

这两位同志，都是天津的工人作家。近年，和我来往较多，在我的心目中，都是老实人。

我记得，原来和万国儒，并不太熟。文化大革命以后，他叫我给他的小说集写篇序，我写了。序中，好像还劝告他，不要只写车间，多读点书，各地走走看看等等。

这以后，国儒在创作上，就不很顺利。对他的作品，五十年代的热闹劲头，突然冷落下来。国儒想不通，生活得很落寞。

有些问题，第一次遇上，就容易想不通。比如国儒的小说，到底是写得好呢，还是写得不好？如果说，本来就没有什么意思,为什么在五六十年代,大家都异口同声地吹捧呢?如果说,实在是写得不错,为什么现在又到处遭到冷遇呢?

当然,也可以把小说比作服装,过时了,面料和款式,都不时兴,放到箱底去吧!但文学作品,实在又不能和服饰之类相比。因为,如果是那样,就不会有永久性的作品了。

这只能从更大的范围,更多的事例,去寻找解答。从天地之间,社会之上,去寻求解答。

比如,在我们所处的时代,为什么有的话,今天奉为真理,明天就成了谬论;为什么有的人物,今天红得发紫,明天又由紫变黑?如果还不明白,就可以再向大自然求教:天为什么有阴晴,地为什么有山水?花为什么有开谢,树为什么有荣枯等等。

而国儒又好像缺乏这种哲学头脑,心里的烦闷,不能迎刃而解。作品受冷遇,必然意味着人也受冷遇,再加上随之而来的,一系列能影响敏感之心的问题,他的健康,就受到了严重的影响。

国儒是工人,但来自农村。基本上,还是农民的气质。称得上是忠诚、正直。这种气质是可贵的。可贵的,并不一定就值钱。

现在，各行各业，只有一种素质，是不够的。作家这一行，尤其如此。如果国儒听信我的劝告，不囿于农村、工厂，能常到开放地区转转，甚至干一阵子专业户，做点买卖。也不妨到各个水陆码头，与一些流氓鬼混相处一个时期。如有机会，还可进衙门官场，弄个头衔做做。如此，不只生活场景开拓了，心胸见闻也必随之开拓。熔各方经验于一炉，集多种素质于一身。其作品走红，等级提高，生活改善，必皆能操胜券。心广体胖，也不会遭癌症的侵袭了。

无奈国儒是个本分人，老实人，当然不会听信我这些信口开河的话。他仍然是下乡啊，下厂啊，照旧方式工作着。有时还从农村给我带来一些新棒子面、新稻米。这也是一个老实人的表现，他总以为我给他的书作了序，就要有些报答。

五十年代，中国文坛，曾先后有两颗新星出现：一个是工人万国儒，一个是农民谷峪。谷峪当时风头更健，曾当过八大候补代表，出国访问。其以后遭遇，比起国儒，就惨多了。前不久已死去。我想：国儒一定是知道的，自己会想开的。

看来，国儒的性格很固执。

他发现有病,进院手术之前,曾来看我一次。我深深理解他的用意,我沉重地对他说:

“国儒,砸锅卖铁,我们也要治病。人家送礼,我们也要送礼!国儒,我能对你有什么帮助吗?”

“没有,没有。”他照例坚强地说。

过去,他来了,我没有送过他,这次,我把他送到门外,并和他握了握手。

春节时,我居然接到他一封很乐观的信。还有暇关心身外的事,说听到一个消息,非常气愤,这是“有人要把水搅浑”,他要给上级写信等等。我给他回信说:十分惦念他的病,希望他什么也不要想。世界这样大,人口这样多,什么人也会有,什么事也会发生的。管得了那么多?

这也是国儒的忠诚老实之处。如果是我,我如果是一条鱼,看见有人把水搅浑了,我就赶紧躲开,游到远处去。如果躲不开,我就钻到泥里草里去。不然,就有可能被钓住,穿在柳条上,有被出卖的危险。我也不会给上级写信。

国儒一直不知道,他的病,已经是不治之症。还在关心文艺界的奇异现象,我敢说,他是抱恨终生了。

一九九〇年三月十三日上午

新居琐记

锁　门

过去,我几乎没有锁门的习惯。年幼时在家里,总是母亲锁门,放学回来,见门锁着进不去,在门外多玩一会就是了,也不会着急。以后在外求学,用不着锁门;住公寓,自有人代锁。再后,游击山水之间,行踪无定,抬屁股一走了事,从也没有想过,哪里是自己的家门,当然更不会想到上锁。

进城以后,我也很少锁门,顶多在晚上把门插上就是了。

去年搬入单元房,锁门成了热话题。朋友们都说:

"千万不能大意呀,要买保险锁,进出都要碰上呀!"

劝告不能不听,但习惯一下改不掉。有一次,送客人,把门碰上了，钥匙却忘在屋里。这还不要紧，厨房里正在蒸着米饭，已有二十分钟之久，再过二十分就有饭煳、锅漏，并引起火灾的危险，但无孔可入。门外彷徨，束手无策，越想越怕，一身大汗。

后来，一下想起儿子那里还有一把钥匙，求人骑车去要了来。万幸，儿子没有外出，不然，必会有一场大难。

"把钥匙装在口袋里！"朋友们又告诫说。

好，装在裤子口袋里。有一天起床，钥匙滑出来，落在床上，没有看见，就碰上门出去了。回来一摸口袋，才又傻了眼。好在这回，屋里没有点着火，不像上次那么着急，再求人去找找儿子就是了。

"用绳子把钥匙系在腰带上！"朋友们又说。

从此，我的腰带上，就系上了一串钥匙，像传说中的齐白石一样。

每一看到我腰里拖下来的这条绳子，我就哭笑不得。我为此，着了两次大急，现在又弄成这般状态，究竟是为了什么。是因为我有了一所房子，有了自己的家门。我的家里，到底有什么宝贵的东西，值得如此戒备森严呢？不就是那些破旧衣服，破旧家具，破旧书画吗？这些东西，也并不是新近置买，不是多年就有了吗？"环境不同了，时代不同了。”朋友们说。我觉得是自己和过去不同了，心理上有些变化了。

我已经停止了云游的生活，我已经失去了四大皆空的皈依，我已经返回人间世俗。总之，一把锁把我的心紧紧锁起，使它同以往的大自然，大自由，大自在，都断绝了关系。

我曾经打断身上的桎梏，现在又给自己系上了绳索。

我曾经从这里出走，现在又回到这里来了。

一九九〇年二月五日，昨日立春

民　工

搬到新住宅里，常常遇到所谓民工。他们成群结队，或是三三两两，在我住的楼下走过。其中有不少乡音，他们多是来自河北省。他们有的是建筑业，盖高楼大厦；也有的做临时小工。在旧社会，农民是很少进城市的，他们不是不想进城，是进城找不到活干。只能死守在家里，而家里又没有地种。因此，酿成种种悲剧。这是我在农村时，经常见到的。

现在城市,各行各业,都愿意用民工:听话,态度好,昼夜苦干。听说,每年挣钱不少,不少人在家里,盖了新房,娶了媳妇。

农民的活路有了,多了,我心里很高兴。

但我很少和他们交谈。因为我老了。另外,现在的农民,也不会听到乡音,就停下来,和你打招呼,表示亲近,他们已经见过大世面了。

我不常下楼,在楼上见到的,多是那些做临时活儿的民工。

他们在楼下栽了很多树,铺了大片草地,又搭了一个藤萝架,竖了山石。树,都是名贵树种,山石也很讲究,这都要花很多钱。

正在炎夏,民工们浇水很用心,很长的胶皮水管,扯来扯去。

其中有一个民工,还带着家眷。民工,四十来岁,黑红脸膛,长得粗壮,看见生人,还有些羞怯。他爱人,长得也很结实,却大方自然,什么也不在乎的样子。小男孩有六七岁了。

最初,只是民工一个人干活,老婆不是守在他的身边,就是在附近捡些破烂,例如铁丝、塑料、废纸等物。收买这些废品的小贩,也是川流不息的,她捡到一些,随手就可以换钱,给孩子买冰棍吃。那小孩却有时帮他父亲浇浇花。

我有些旧想法,原以为这个农民,可能在村里出了什么事,待不住才携家带口,来到城市的。有一天清晨,我在马路上遇到他们,男的背着一把铁铲走在前面,母子俩人,紧跟在后,说说笑笑,上工去了。

他们睡在哪里,我不知道,夏天在这里随便就可以找到栖身之地的。中午,妇女找一片破席子,铺在马路边新栽的垂柳下面,买来几个面包,两瓶汽水,一家人吃喝休息,也是表现得很快活的。面对如流的豪华车辆,各路的人物精英,无动于衷,甚至是不屑一顾。他们是真正的自食其力者。

我想,这也是家庭,这也是天伦之乐,也不一定就比这些高楼里的住户,更多一些烦恼愁苦。

过了些日子,农妇也上班了,是拔草,提着一个破筐,把草地里的杂草拔掉,放在里面,半天也装不满一筐,这活儿是够轻松的了。

但秋天来了,我就见不到他们了,可能回家去了,也可能到别的地方干活儿去了。

一九九〇年二月七日下午

装 修

早起，黄昏，我在楼群散步时，就常常联想起，当年走在深山峡谷的情景。那时中间是流水，周围是鸟语花香，一片寂静。现在是如流的汽车，排放着废气，此起彼落，是电焊电钻的噪声。不禁喟然叹道：毕竟是现代化了啊！

过去住大杂院，所谓干扰，不过是邻居盖小房，做家具，小孩哭闹，都属于传统性质，是习惯了的。

我不怕自然界的声响，我认为：无论雷电轰鸣，狂风怒吼，洪水暴发，山崩地裂，都是一种天籁，一种自然景观。我唯怕恶人恶声，每听到见到，必掩耳而走，退避三舍。这次搬家，有一个原因，就在于此。现在电焊电钻的声音，还有凿洋灰地的声音，一户动工，万家震动，也令人不安。

然而这是没法躲避的。人们都在装修自己的住宅。里里外外，都要装修。家家户户，都要装修。其范围甚广，其时间不一，其爱好不同。然要现代化，如装太阳能、热水器、排风扇、电话、闭路电视，则无一项不需要焊、钻。且住户是陆续搬来，人手和材料的配备有先后，有人预计：全楼群安装妥帖，定在两年以后了。

我于是大恐。春节,有一位现代化友人来访,曾与他就此事交谈,兹录其要:

主:这房不是很好吗,这不都是公产吗,为什么还要这样折腾?

客:为的住着舒适阔气啊。现在分什么公私,公也是私,私也是公。

主:过去,有很多同志,放弃瓦舍千间,奔走革命,露宿荒野,住的是泥房、草屋、山洞、地洞。现在年近就木,又何必在这低矮狭窄的小天地里,费如此大的心思呢?

客:人各有志,志有多变。不能强求。且系新潮,势难阻挡。

主:为什么在盖房时,不预先把这些东西安装好?

客:这是国情。即使都安装好,他还是要鼓捣。现代化是不断更新,无止无休的呀!

主:这里住的不都是老年人吗?如果有人患心脏病,这种声音,他受得了吗?

客:老年人在这里,究竟还是少数,子女们多。至于患病的,那就更是个别的了。不会有人去注意。

我们的谈话,实际是不得要领。但客人说的"新潮"二字,最有启发性。新潮的到来,绝不是空谷穴风,总是有它到来的道理的。潮,总是以相反的形式,互相替代的。

明白人总是顺应新潮。弄潮儿之可贵,就在于此。

苏子曰:

夫时有可否,物有废兴。方其所安,虽暴君不能废;及其既厌,虽圣人不能复。故风俗之变,法制随之。譬如江河之徙移,强而复之,则难为力。

反复斯言,我当有所醒悟了。

一九九〇年二月五日下午

记老邵

一

阅报,老邵已于四月二日逝世,遗嘱不开追悼会,不留骨灰。噫!到底是看破红尘了。

我和老邵,也是进城以后才认识的。我们都是这家报纸的编委,一次开会,老邵曾提出,我写的长篇小说,是否不要在报纸上连载了,因为占版面太多。我告他,小说就要登完了。他就没有再说什么。

这可以说是我们第一次打交道。平日,我们虽然住在一个院里,是很少接近的。我不好接近人。

这样过了一二年,老邵要升任总编辑了。有一天上午,他邀我到劝业场附近,吃了一顿饭,然后又到冷饮店,吃了冰糕。结果,回来我就大泻一通,从此,就再也不敢吃冷食。

我来自农村，老邵来自上海。战争期间，我们也不在一个山头。性格上的差异，就更不用说了。不过，他请我吃饭，这点人情，我还是领会得来的。他是希望我们继续合作，我不要到别处去。

其实，我并没有走的想法。那一个时期，不知为什么，我总感觉，我已经身心交瘁，就要不久于人世了。又拉扯着一大家子人，有个地方安身，有个地方吃饭，也就是了。

另外，对于谁当领导，我也有了一点经验：都差不多。如果我想做官，那确是要认真想一下。但我不想做官，只想做客，只要主人欢迎我，留我，那就不管是谁领导，都是一样的。

不久，我就病了。最初，老邵还给我开了不少介绍信，并介绍了各地的小吃，叫我去南方旅行。谁知道，我的病越来越重，结果在外面整整疗养了三年，才又回来。

二

一回到家，我们已经是紧邻。老邵过来看了我一下，我已经从老伴嘴里知道,他犯了什么“错误”,正在家里“反省”,轻易是不出来的。

不多日子,就又听说,老邵要下放搬家,我想我也应该去看看他。我走到他屋里,他正在收拾东西,迎面对我说:“你要住这房子吗?”

我听了心里不大高兴,就说:“我是来看你,我住这房子干什么?”

他的爱人也说:“人家是来看你!”

老邵无可奈何地说:“这房子好!”

我明白他的意思。这房子是总编辑住的,他不愿接任他的人住进来,宁可希望我住。我哪里有这种资格。

这时,有一位总务科的女同志,正在他的门口,监视着他搬家。老邵出来,说了一句什么,那位女同志就声色俱厉地说:“这是我的责任!”

我先后看到过三任总编辑从这里搬家。两任是升迁,其中一位,所用的家具全部搬走。另一位,也是全部搬走,事先付了象征性的价钱,都有成群的人来帮忙。老邵是下放,情况当然就不同了。

三

其实，老邵在任上，是很威风的，人们都怕他。据说：他当通讯部长的时候，如果和两个科长商量稿件，就从来不是拿着稿子，走到他们那里去，而是坐在办公桌前，呼唤他们的名字，叫他们过来。升任总编以后，那派头就更大了。报社新盖了五层大楼，宿舍距大楼，步行不过五分钟。他上下班，总是坐卧车。那时卧车很少，不管车停在哪里，都很引人注目。大楼盖得很讲究，门窗一律菲律宾木。老邵的办公室，铺着大红地毯。墙上挂着名人字画。编辑记者的骨干，都是他这些年亲手训练出来的那批学生。据说，一听到走廊里老邵的脚步声，都急速各归本位，屏息肃然起来。

老邵是想做官，能做官，会做官的。行政能力，业务能力，都很强。谁都看出来，他不能久居人下。他的升任总编，据我想，可能和当时的一位市长有关。在一个场合，我曾看见老邵对这位市长，很熟识，也很尊敬，他们可能来自一个山头。至于老邵的犯"错误"，我因为养病在外，一直闹不清楚，也不愿去仔细打听。我想升官降职，总和上面有人无人，是有很大关系的。

四

自从老邵搬走以后，听说他在自行车厂工作，就没有见过面。文化大革命时，有一天晚上，报社又开批斗会，我和一些人，低头弯腰在前面站着，忽然听到了老邵回答问题的声音。那声音，还是那么响亮、干脆，并带有一些上海滩的韵味。最令人惊异的是，他的回答，完全不像批斗会上的那种单方认输的样子，而是像在自由讲坛上，那么理直气壮。有些话，不只是针锋相对，而且是以牙还牙的。一个革命群众把批判桌移到舞台上面去，想居高临下，压服他。说："你回答：为什么，我写的通讯，就不如某某人写得好？"

老邵的回答是："直到现在，我还是认为，你写的文章，不如某某！"

"有你这样回答问题的吗？"革命群众吼叫着。

于是武斗开始。这是预先组织、训练的一支小型武斗队，都是年轻人。一共八个人，小打扮，一律握拳卷袖，两臂抬起内弯，踏步前进。他们围着老邵转圈子，拳打脚踢，不断把老邵打倒。有一次,一个打手故意发坏,把老邵推到我身上,把我压在下面,一箭双雕。一霎时,会场烟尘腾起,噼啪之声不断。这是报社最火炽的一次武斗。老邵一直紧闭着嘴,一言不发。大会散了以后,我们又被带到三楼会议室,一个打手把食指塞到老邵的嘴里,用力抠拉,大概太痛苦了,我看见老邵的眼里,含着泪水。

还是自行车厂来了人,才把老邵带回去了。后来我想,老邵早调离报社,焉知非福?如果留在这里,以他的刚烈,会出什么事,是谁也不敢说的。这家报社,地处大码头,经过敌、伪、我三个时期,人员情况是非常复杂的。我都后悔,滞留在这个地方之非策了。

五

“文革”以后,老邵曾患半身不遂,他顽强锻炼,后来能携杖走路了。我还住在老地方,他的两位大弟子,也住在那里,当他去看望他们的时候,也顺便到我屋里坐坐。这时我已经搬到他住过的那间房里,不是我升任了总编,而是当时的总编,不愿意在那里住了。

谈话间,老邵还时常流露愿意做些事,甚至有时表示,愿意回报社。作为老朋友、老同事,我直截了当地对他说:“算了吧,好好养养身体吧。五十年代,你当总编,培养了不少人,建立了机关秩序,作出了不少成绩。那是托人民的福,托党的福,托时代的福。那一个时期,是我们党,我们国家和我们报社的全盛时期。现在不同了。你以为你进报社,当总编,还能像过去一样,说一不二,实现你那一套家长式的统治吗?我保险你玩不转,谁也玩不转,谁也没办法。”

他也不和我争论,甚至有时称我说得对,听我的话等等。这就证明他已经不是过去的老邵了。

后来,又听说他犯了病,去外地疗养了一个时期。去年秋季,他回来后,又到我的新居,看望我一次,谈话间,又发牢骚,并责备我软弱,不敢写文章了。我说:“我们还是睁一只眼,闭一只眼吧!”

他说:“我正是这样做的。”

说完就大笑起来,他的爱人也笑了起来。我才知道,他的左眼,已经失明。我笑不出来,我心里很难过。

芸斋曰:老邵为人,心直口快,恃才傲物,一生人缘不太好。但工作负责严谨，在新闻界颇有名望，其所培养，不少报界英才。我谈不上对他有所了解，然近年他多次枉顾，相对以坦诚。他的逝世，使我黯然神伤，并愿意写点印象云。

一九九〇年四月十日写讫

楼居随笔

观 垂 柳

农谚:“七九、八九,隔河观柳。”身居大城市,年老不能远行,是享受不到这种情景了。但我住的楼后面,小马路两旁,栽种的却是垂柳。

这是去年春季,由农村来的民工经手栽的。他们比城里人用心、负责,隔几天就浇一次水。所以,虽说这一带土质不好,其他花卉,死了不少。这些小柳树,经过一个冬季,经过儿童们的攀折,汽车的碰撞,骡马的啃噬,还算是成活了不少。两场春雨过后,都已经发芽,充满绿意了。

我自幼就喜欢小树。童年的春天,在野地玩,见到一棵小杏树,小桃树,甚至小槐树,小榆树,都要小心翼翼地移到自家的庭院去。但不记得有多少株成活、成材。

柳树是不用特意去寻觅的。我的家乡，多是沙土地，又好发水，柳树都是自己长出来的，只要不妨碍农活，人们就把它留了下来，它也很快就长得高大了。每个村子的周围，都有高大的柳树，这是平原的一大奇观。走在路上，四周观望，看不见村庄房舍，看到的，都是黑压压、雾沉沉的柳树。平原大地，就是柳树的天下。

柳树是一种梦幻的树。它的枝条叶子和飞絮，都是轻浮的，柔软的，缭绕、挑逗着人的情怀。

这种景象，在我的头脑中，就要像梦境一样消失了。楼下的小垂柳，只能引起我短暂的回忆。

一九九〇年四月五日晨

观藤萝

楼前的小庭院里，精心设计了一个走廊形的藤萝架。去年夏天，五六个民工，费了很多时日，才算架起来了。然后运来了树苗，在两旁各栽种一排。树苗很细，只有筷子那样粗，用塑料绳系在架上，及时浇灌，多数成活了。

冬天，民工不见了，藤萝苗又都散落到地上，任人践踏。

幸好,前天来了一群园林处的妇女,带着一捆别的爬蔓的树苗,和藤萝埋在一起,也和藤萝一块儿又系到架上去了。

系上就走了,也没有浇水。

进城初期,很多讲究的庭院,都有藤萝架。我住过的大院里,就有两架,一架方形,一架圆形,都是钢筋水泥做的,和现在观看到的一样。藤身有碗口粗,每年春天,都开很多花,然后结很多果。因为大院,不久就变成了大杂院,没人管理,又没有规章制度,藤萝很快就被作践死了,架也被人拆去,地方也被当作别用。

当时建造、种植它的人,是几多经营,藤身长到碗口粗细,也确非一日之功。一旦根断花消,也确给人以沧海桑田之感。

一件东西的成长,是很不容易的,要用很多人工、财力。一件东西的破坏,只要一个不逞之徒的私心一动,就可完事了。他们对于“化公为私”,是处心积虑的,无所不为的,办法和手段,也是很多的。

近些年,有人轻易地破坏了很多已经长成的东西。现在又不得不种植新的、小的。我们失去的,是一颗道德之心。再培养这颗心,是更艰难的。

新种的藤萝,也不一定乐观。因为我看见:养苗的不管移栽，移栽的又不管死活，即使活了，又没有人认真地管理。公家之物，还是没有主儿的东西。

一九九〇年四月五日晨

听乡音

乡音，就是水土之音。

我自幼离乡背井，稍长奔走四方，后居大城市，与五方之人杂处，所以，对于谁是什么口音，从来不大注意，自己的口音，变了多少，也不知道。只是对于来自乡下，却强学城市口音的人，听来觉得不舒服而已。

这个城市的土著口音，说不上好听，但我也习惯了。只是当"文革"期间，我们迁移到另一个居民区时，老伴忽然对我说：

"为什么这里的人，说话这样难听？"

我想她是情绪不好，加上别人对她不客气所致，因此未加可否。

现在搬到新居，周围有很多老干部，散步时，常常听到乡音。但是大家相忘江湖，已经很久了，就很少上前招呼的热情了。

我每天晚上，八点钟就要上床，其实并睡不着，有时就把收音机放在床头。有一次调整收音机，河北电台，忽然传出说西河大鼓的声音，就听了一段，说的是《呼家将》。

我幼年时，曾在本村听过半部呼延庆打擂，没有打擂，说书的就回家过年去了。现在说的是打擂以后的事，最热闹的场面，是命定听不到了。西河大鼓，是我们那里流行的一种说书，它那鼓、板、三弦的配合音响，一听就使人入迷，这也算是一种乡音。说书的是一位女艺人。

最难得的，是书说完了，有一段广告，由一位女同志广播。她的声音，突然唤醒我对家乡的迷恋和热爱。虽然她的口音，已经标准化，广告词也每天相同。她的广告，还是成为我一个冬季的保留欣赏节目，每晚必听，一直到《呼家将》全书完毕。

这证明，我还是依恋故土的，思念家乡的，渴望听到乡音的。

一九九〇年四月五日下午

听风声

楼居怕风,这在过去,是没有体会的。过去住老旧的平房,是怕下雨。一下雨,就担心漏房。雨还是每年下,房还是每年漏。就那么夜不安眠地,过了好些年。

现在住的是新楼,而且是墙壁甫干,街道未平,就搬进来住了。又住中层,确是不会有漏房之忧了,高枕安眠吧。谁知又不然,夜里听到了极可怕的风声。

春季,尤其厉害。我们的楼房,处在五条小马路的交叉点,风无论往哪个方向来,它总要迎战两个或三个风口的风力。加上楼房又高,距离又近,类似高山峡谷,大大增加了风的威力。其吼鸣之声,如惊涛骇浪,实在可怕,尤其是在夜晚。

可怕,不出去也就是了,闭上眼睡觉吧!问题在于,如果有哪一个门窗,没有上好,就有被刮开的危险。而一处洞开,则全部窗门乱动,披衣去关,已经来不及,摔碎玻璃事小,极容易伤风感冒。

所以,每逢入睡之前,我必须检查全部门窗。

我老了,听着这种风声,是难以入睡的。

其实,这种风,如果放到平原大地上去,也不过是春风吹拂而已。我幼年时,并不怕风,春天在野地里砍草,遇到顶天立地的大旋风过来,我敢迎着上,钻了进去。

后来,我就越来越怕风了。这不是指风的实质,而是指风的象征。

在风雨飘摇中,我度过了半个世纪。风吹草动,草木皆兵。这种体验,不只在抗日,防御残暴的敌人时有,在"文革",担心小人的暗算时也有。

我很少有安眠的夜晚,幸福的夜晚。

一九九〇年四月七日晨

觅哲生

一九四四年春天,有一支身穿浅蓝色粗布便衣、男女混杂的小队伍,走在从阜平到延安、山水相连、风沙不断、漫长的路上。

这是由华北联大高中班的师生组成的队伍。我是国文教师,哲生是一个男生,看来比我小十来岁。哲生个子很高,脸很白。他不好说话,我没见过他和别的同学说笑,也不记得,他曾经和我谈过什么。我不知道他的籍贯、学历,甚至也不知道他确切的年龄。

我身体弱,行前把棉被拆成夹被,书包也换成很小的,单层布的。但我"掠夺"了田间的一件日军皮大衣,以为到了延安,如果棉被得不到补充,它就能在夜晚压风,白天御寒。

路远无轻载。我每天抱着它走路,从左手换到右手,又从右手换到左手。这时,就会有一个青年走上来,从我手里把大衣接过去,又回到他的队列位置,一同前进。他身上背的东西,已经不少,除去个人的装备,男生还要分背一些布匹和粮食。到了宿营地,他才笑一笑,把皮大衣交给我。在行军路上,有时我回头望望,哲生总是沉默地走着,昂着头,步子大而有力。

到了延安,我们就分散了。我在鲁艺,他好像去了自然科学院。我不记得向他表示过谢意,那时,好像没有这些客套。不久,在一场水灾中,大衣被冲到延河里去了。

解放以后,我一直记起哲生。见到当时的熟人,就打听他。

越到晚年,我越想:哲生到哪里去了呢?有时也想:难道他牺牲了吗?早逝了吗?

一九九〇年七月十九日晨

老同学

赵县邢君，是我在保定育德中学上高中时的同班同学。当时，他是从外地中学考入，我是从本校初中毕业后，直接升入的。他的字写得工整，古文底子很好，为人和善。高中二年同窗，我们感情不错。

毕业后，他考入北京大学中文系，我则因为家贫，无力升学，在北京流浪着。我们还是时有过从，旧谊未断。为了找个职业，他曾陪我去找过中学时的一位国文老师。事情没有办成，我就胡乱写一些稿子，投给北平、天津一些报纸。文章登不出来，我向他借过五元钱。后来，实在混不下去，我就回老家去了。

他家境虽较我富裕，也是在求学时期。他曾写信给我，说他心爱的二胡，不慎摔碎了，想再买一把，手下又没钱。意思是叫我还账。我回信说，我实在没钱，最近又投寄一些稿件,请他星期日到北京图书馆,去翻翻近来的报纸,看看有登出来的没有。如果有,我的债就有希望还了。

他整整用了半天时间,在图书馆翻看近一个月的京津报纸,回信说:没有发见一篇我的文章。

这些三十年代初期的往事,可以看出我们那时都是青年人,有热情,但不经事,有一些天真的想法和做法。

从此以后,我们就没有再见过面,那五元钱的债,也一直没得偿还。

前年春夏之交,忽然接到这位老同学的信,知道他已经退休,回到本县,帮助编纂地方志。他走过的是另一条路:大学毕业后,就在国民党政权下做事。目前处境不太好,又是孤身一人。

我叫孩子给他寄去二百元钱,也有点还债的意思。这是解决不了多少问题的。我又想给他介绍一些事做,也一时没有结果。最后,我劝他写一点稿子。

因为他曾经在旧中华戏曲学校任过职,先写了一组谈戏的文章寄来。我介绍给天津的一家报纸,只选用了两篇。目前谈京剧的文章很多,有些材料是重复了。

看来投稿不顺利,他兴趣不高,我也有点失望。后来一想:老同学有学识,有经历,文字更没问题,是科班出身。

可能就是没有投过稿，摸不清报纸副刊的脾气，因此投中率不高。而我给报纸投稿，不是自卖自夸，已有半个世纪以上的历史，何不给他出些主意，以求改进呢？从报上看到钱穆教授在台湾逝世，我就赶紧给老同学写信，请他写一篇回忆文字寄来，因为他在北大听过钱的课。

这篇文章，我介绍给一家晚报，很快就登出来了。老同学兴趣高涨，接连寄来一些历史方面的稿件，这家报纸都很快刊登，编辑同志并向我称赞作者笔下干净，在目前实属难得。

这样，一个月能有几篇文章发表，既可使他老有所为，生活也不无小补，我心中是非常高兴的。每逢把老同学的稿子交到报社，我便计算时日，等候刊出。刊出以后，我必重读一遍，看看题目有无变动，文字有无修改。

这也是一种报偿，报偿三十年代，老同学到北京图书馆，为我查阅报纸的劳绩。不过，这次并不是使人失望，而是充满喜悦，充满希望的。老同学很快就成为这家报纸的经常撰稿人了。

老同学在旧官场，混了十几年，路途也是很坎坷的，过去，恐怕从没有想过投稿这件事。现在，踏入这个新门槛，也会耕之耘之，自得其乐的吧。

芸斋曰：余之大部作品，最早均发表在报纸副刊。晚年尤甚，所作难登大雅之堂，亦无心与人争锋争俏，遂不再向大刊物投稿，专供各地报纸副刊。朋友或有不解，以为如此做法，有些自轻趋下。余以为不然。向报纸投稿，其利有三：一为发表快；二为读者面广；三为防止文章拉长。况余初起步时，即视副刊为圣地。高不可攀，以文章能被采用为快事、幸事！至老不疲，亦完其初衷，示不忘本之意也。唯投稿副刊，必有三注意：一、了解编辑之立场、趣味；二、不触时忌而能稍砭时弊；三、文字要短小精悍而略具幽默感。书此，以供有志于进军副刊者参考。鲁迅文学事业，起于晨报副刊，迄于申报副刊，及至卧床不起，仍呼家人“拿眼镜来，拿报纸来！”此先贤之行谊，吾辈所应借鉴者也。

一九九〇年十一月十二日

谈镜花水月

凡是文艺，都要取材。环境有依据，人物也有依据。但一进入作品，即是已经加工过的，不再是原来的环境和人物了。这就像镜花和水月一样，多么逼真，也不是原来的花月了。有些读者，不明此义，常常按图索骥，已近于庸俗社会学。而有些人却听信传言，在文艺作品中，去寻找自己，这不只有悖常识，也常常流于庸人自扰的混乱之境。

文学作品，当以公心讽世为目的。以暴露人家的隐私为目的的作品，被称为黑幕小说，作品、作者，都不足道。明白人更不必去过多注意它的内容，从中探索自己的影子。

曾孟朴的《孽海花》，人物多有依据。书中有实可指者，近二十人。显宦包括张之洞，名流包括李莼客。但在当时以及后来，没有听说有谁，或是谁的后代，出来抗议，说书中某某人,写的就是他,或是他的祖先。因为谁都知道,人物一进入小说,便是虚构,打破镜子摘采花朵,跳进水中捞取月亮,只有傻瓜才肯那样去干。

当然也有例外,那就是赛金花。她不只承认写的就是自己,而且把作家夸大的部分,虚构的部分,都包了下来。因为,这对她来说,都没有坏处,倒有好处。

老实说,近些年,确有一些熟人、朋友的个别事迹,写入了我的文章,但也只是摘取一枝一叶,并不影响我对他们的全部评价。朋友仍然是朋友,熟人照旧是熟人。当然也有的从此就得罪了,疏远了,我是没有办法挽回的。

过去,当政治风雨突然袭击时,有些人对同志,对朋友,无中生有,造谣污蔑,不只使当事者蒙不白之冤,也使他的家属,有血泪之痛。这称之为乘人之危,投井下石,毫不为过。但这种做法,人们习以为常,他本人也会轻易地忘记。

而在太平盛世,天晴气朗之时,别人偶然描绘了一下类似他的嘴脸,伤不了他的半根毫毛,好官自为之,名人自当之,却忍受不了,以为别人不够朋友,刻薄无情,从此要绝交,要打句号。这可以说是我们的社会生活中,多年来形成的一种奇异现象。

其实,目前的环境,周围的关系,绝不会因为他的某一特点,被某一作者采撷了去,会对他产生什么不利的影响。例如,我曾写入杂文“谈迂”中的那个人物,在后来整党的时候,就竟然当上了领导小组的成员。当时在场的人,都还活着,不以为怪。

我有洁癖,真正的恶人、坏人、小人,我还不愿写进我的作品。鲁迅说,从来没有人愿意去写毛毛虫、痰和字纸篓。一些人进入我的作品,虽然我批评或是讽刺了他的一些方面,我对他们仍然是有感情的,有时还是很依恋的,其中也包括我的亲友、家属和我自己。

我是一个很平庸的人,有很多弱点。一生之中,长期漂流在外,对家庭没有负起应尽的责任。自己的不幸遭遇,以及做过的错事、鲁莽事、傻事,都曾使亲人焦虑、感伤。到了晚年,时常自责并无掩饰地写出来,作为临终前的忏悔。

对于别人,交往也好,得罪也好,我已没有什么希求。我从来不愿得罪人,甚至不愿得罪院里的猫和狗,但我不能不写东西。

我过去所写的小说中,也有坏人吧?现在看起来,都很概念。晚年对世事体会深了,偶一触及,便有入木凿石之感，但确实也不愿再写多少了。

一生之中，我得到过的东西很多，有些过分。当然失去的也不少。现在，我已经进入了无欲望状态，不想再得到什么，也没有什么可以害怕失去的了。有人说，老的一代，必都有一种失落感，那恐怕是一些人的推测之词。

一九八八年春

我的位置和价值

现在有些青年人，常常谈发现自己，发现自己的价值和位置。我听了感觉很新鲜，也很羡慕。我活了这么多年，过去竟没有发现过自己，也不知道自己的价值如何，位置在哪里。

现在用回忆的方法，重新发现一次。

我在小学读书，在中学读书，共十二年寒窗，都是为了创造自身以后的价值和位置。当我高中毕业以后，第一次找到的职业，是在一个市政机关当雇员，价值是每月二十元。位置是坐在一条破板凳上。第二次找到的职业，是在一个小学校当庶务，价值是每月十八元。位置是在一个并不明亮的小窗户下面。第三次找到的职业，是在一个镇上当小学教师。位置提高到楼上，价值是二十五元。

虽然如此，在以上三个阶段，我仍然穿着长衫，戴着礼帽，那些衙役、校役，对我都点头称先生。走在街上，那些农民，如果有子弟在学校，对我都毕恭毕敬。

参加抗战以后，价值是每天三钱油三钱盐。位置从固定，变为游动，常常走在路上，爬在山上，很难说是一份什么位置了。

土地改革时期，曾被当作石头，从一条众多人围坐的炕上，搬到一个人独坐的炕上，算是变换了一下位置。其实也没有受什么惩罚，受什么罪。

进城以后，我的价值是每月六白五十斤棒子面。可以养家糊口，我的家属，第一次发现了我的价值。而且还有了稿费，用一个朋友的当时的话说，是"日进斗金"。这是社会发现了我的位置——作家。但不久就病了，有些人很为我的价值的即将消失伤心。终于又好了，伤心的不再伤心，又来了文化大革命。

一切价值都谈不上了，一切位置都没有了。我到食堂去劳动。有一天帮着师傅们磨豆腐，推磨棍的一端，应该有一块重东西——一块石头或几块砖头坠着。有一位师傅提议，叫我去填补这个位置。

这位师傅和我很熟，并且知道我有病。过去我偶尔到食堂用饭，他总是微笑着把我请到上座，也就是最好的位

置,品尝品尝他做的饭菜。我吃完以后,赞美他的厨艺时,他照例地说:

“首长吃好了,身体健康,就是我们的幸福!”

现在,他叫我坐到磨棍上去,是想和我开个玩笑,或者希望我从上面跌下来,形成一个大笑话。

有一天,我被派到招待所去砸煤。砸煤本来应该是在地上,监视我的人,却叫我到煤堆顶上去砸,这就不知是出于什么用心了,但总和位置有关。过去,在他们心里,我的位置太高了。

我原是这家报社的一名编委。文化大革命,有案可查的,就是我多年不上班。有人说,十年没有露面,推而演之,定为:白吃饭的人,五个工人才能养活我。

糊里糊涂,“四人帮”垮了,三中全会开了,前不久还说我不劳而食的人们,又都说我贡献最大,是报社的光荣,建议我当名誉社长。虽然没有成为事实,还是给了个顾问的头衔。

我还没有死,以后变化如何,且听下文分解。

论曰:价值与位置,是辩证的统一,其基础为经济与政治。通俗言之,即金钱与时运。一般人,不能自我发现,皆由社会或旁人发现。

西汉之末,有刘盆子,旁人发现他是皇帝。盆子执意放牛,不做皇帝。能这样发现自己的价值和位置的,千古一人而已。

至于写几首诗,发表几篇小说,便吹牛说,发现了什么什么,其不自量,无自知之明,是非碰壁不可的。

一九八八年八月三日改讫

和郭志刚的一次谈话

郭志刚:以前,我写的关于您的那些东西,多是研究性的,对象就是您的作品;现在为了写传,我想对您的作品以外的生平和生活方面的情况,就是道路吧,希望有个比较系统的了解。因为写传,生活是血肉,很重要。这部分写好了,可以更好地显示一个作家的品格和素质。所以,这回就希望您谈得深一点,生活方面的、经历方面的。

孙犁:今天,咱们上午谈一会儿下午再谈一会儿,因为你那儿也比较忙,我这儿谈时间太多了也不行。以后有什么问题, 你再给我来信。我先把我的意见跟你说一说,我觉得,关于写这个书,我不知道你是不是全部地看了我发表的那些东西,特别是,"文集"你那儿有,是吧?

郭志刚:"文集"我有,我全部读过。

孙犁:"文集"收到哪一本了?

郭志刚:“文集”收到《晚华集》……

孙犁:《秀露集》也收了?

郭志刚:还有《澹定集》。

孙犁:剩下的就是《远道集》、《老荒集》、《陋巷集》,还有一个交到人民文学出版社去的《无为集》,就这四本,这四本就是四十来万字,所以,你还有很多材料,当然,你从报纸上看到一些,好像还没有看。

郭志刚:那几个集子我都看了,就是《陋巷集》和《无为集》,这两集我没有看。您近来的文章,我能收集到的很少。

孙犁:第一,就是把这些你没有看到的材料,都能想法看到;另外,在这些文章里面,有一篇最重要的,叫《〈善闇室纪年〉摘抄》,不知这文章你看过没有?

郭志刚:《〈善闇室纪年〉摘抄》我读过一部分,有些还在文章中引用过。我觉得,它对了解您非常重要,可惜我没读全。

孙犁:可以给你弄全。

郭志刚:那太好了。

孙犁:它是一个系统的东西,里边包括我个人的主要经历和时代的主要变化。它就是写到我入城那一年,入城以后,在天津这一段,变化不是像前边几十年那样大。后边我没有写。从文章里边找材料,对写我来说,还是很重要的。因为我主要的经历,时代的主要面貌,凡是在我心里印象深刻的东西,我差不多都写到文章里去了。有的是散文,有的是回忆,有的是小说,都有我个人的传记材料。我觉得,读我的作品,对你写这个书,是最重要的。假若让我谈呢,我这两天也考虑,我还是得给你谈《善闇室纪年》那些,可能谈得比较仔细一些,但主要的,恐怕还是那些。我无非还是回忆,七岁上学,十二岁在安国县上学,十四岁在保定上学。进城以后就是两件大事:一个是我得病,五六年得病,在外面养了几年病;一个是文化大革命。这两样大事,在粉碎“四人帮”以后,我写的散文,或者是小说里边,都写到了。譬如说,芸斋小说,就带有很大的自传性质。里边有很多地方写到我,都是第一人称。那里边,虚构的不太多,主要都是事实。还有一些散文,那就更明显了,譬如交游方面,回忆朋友的那几篇,就是我进城以后,所接触的一些人。我在一些什么地方待过,譬如,在青岛啊,在太湖啊,在北京医院啊,在小汤山疗养院啊,在颐和园啊,在北戴河啊,都有专门题目谈到,它叫《病期经历》。这些你都看过吗?

郭志刚:看过《黄鹂》、《石子》。

孙犁:那个不是。这个叫《病期经历》,那个是“琐事”,那是另外两篇。

郭志刚:《病期经历》我没见到,这是不是您后来发表的文章?

孙犁:大概有一部分已经收到集子里面去了,《陋巷集》里还有好几篇,所以,现在主要的要找一本《陋巷集》。晓明,回头你问问,看能不能再找一本。我这儿实在没有了,我原来是剩着两本的,不是答应你了吗?宗武急着要,因为宗武也送过我一些书,我说,要不先给了你吧。想法叫晓明给你找一本。

郭志刚:好,这对我太需要了。

孙犁:《无为集》里边的东西,回头有些剪报提供给你吧。《善闇室纪年》要搞个全份的,把头儿接上。其次就是,譬如我写的《乡里旧闻》,也都是关于我的历史方面的。另外,就是还可以找一些同志谈一谈,你觉得收获大吗?譬如说,跟邹明他们,跟韩映山他们,有收获吗?

郭志刚:昨天去白洋淀的时候随便聊了一下,聊的不算太多。我从韩映山同志一些介绍里边,是受到了益处的。例如,他说:“从前孙犁同志帮我们改稿非常认真,我有篇《鸭子》,那条小河是朝西流的,孙犁同志一看,一般的河都是往东流呵,怎么会是冲西流呢?就想改过来。后来又想,也许有特殊情况,他那儿水是朝西流的。”他说,您亲自把他找到报社里去,一问,是朝西流的,就没有改。这件事很说明问题。

孙犁:类似的文章,我写过一篇《改稿举例》,不知这篇文章,你看过没有?里边是谈改稿,实际上也是我个人的经历,是别人给我改稿。这个对你写传大概也有用处。

郭志刚:很有用处。

孙犁:所以,我写的东西,在目前来说,是最重要的取得材料的来源。我说这话,好像和以前咱们谈的有些矛盾,实际上也不矛盾,你可以试一试,去找一些朋友,找我的孩子们,跟他们谈一谈,你从那儿收获不会太大。譬如,你跟我的女儿小森谈,谈不出什么来,绝对不是我不愿意叫她跟你谈,是因为我离开家里的时间比较长,跟她们在一块儿的时间很短;另外,我也很少跟她们说点这个那个的,我不大跟孩子们在一块待着,也很少跟她们说话,所以,她们都谈不出什么东西来。

郭志刚:我相信。我对访问别人也没敢抱很多希望。

孙犁:朋友们也是这样,因为有一些写传的,他们也找过一些朋友,我看他们写的那些东西收获也不太大。

郭志刚:是的。所以对于访问别人,我也就犹豫了。孙犁同志,尽管您说的很少,但我每次来天津,在和您短暂的接触当中,老实说,倒给我不少感性的东西。

孙犁:因为是直觉。

郭志刚:这我倒是有些体会。有一位傅正谷同志,他说,原来住在您的多伦道寓所附近。

孙犁:我跟正谷见面比较多。

郭志刚:他说,您对他帮助很大。比如写文章,您提出来就是要钻些空子,意思是研究一些别人不曾研究过的东西,即空白点,他认为这对他启发很大。我听了也受启发。

孙犁:正谷到我那儿去的比较多。

郭志刚:您的文章里说,您小的时候,患过惊风疾,这是种什么病?

孙犁:就叫抽风。

郭志刚:我第一次见您的时候,那是在七九年,我一个人找到多伦道那个院子里去,第一面印象非常深刻,很难用三言两语表达清楚。但是,我还能够把见到您的那个印象和读您的作品联系起来,我觉得它们是一致的,都可以用“凝重”、“含蓄”这样的字眼来表达——我说不好,那是初次见面的印象。您当时说话，下巴有些抖动，是不是从小就这样？

孙犁：从小不这样。但是，和那个病根儿有关系。我小的时候，我们家里还是比较贫穷，从小我没有奶吃，很弱，弱了大概就很容易得这种病；另外，乡下不大讲卫生，脐带剪的时候，或者是营养不良，都可以引起小孩的抽风。这个病对我以后的神经系统可能留下一些毛病，所以，五六年就得一次很严重的神经衰弱，在这以前，我就经常失眠，经常有一些神经方面的症状，那年突然就重了。五六年，我算算多少岁呀，一九一三，那是四十三岁，岁数到了中年，有些病就要爆发了。得这个病以前，我这头有时就摆动，也不是老摆动，遇见情绪上激动的时候，它就动得厉害，你们大概也能看得出来，要是心情很平稳，它也不动，动的时候，自己也不大觉得。直到现在，我感觉，我神经方面不太健康，有时失眠，容易激动，容易恼怒，这都是神经系统的毛病。它可能对写作也有些影响。生理上的这种病态，它也可能反映在我的写作上，反映在写作上，好的方面它就是一种敏感，联想比较丰富，情绪容易激动。这是一些病理学家经常谈到的问题。关于生活方面，我这个人，你看文章就可以看得出来，比较简单，我这个经历，当然说起来也算复杂，但实际上也很简单。复杂的是时代，时代不平常。譬如,赶上了北伐,赶上了北伐失败,赶上了“九一八”事变以后日本的侵略,和对日本的反抗,以至于后来的抗日战争和解放战争。经历的时代变化比较大,我个人的生活,说起来还是比较单纯的:从上学,到教书,到参加抗日工作。抗日工作也不过就是教书、编报、写文章,比较简单。个人私生活方面,我觉着也比较简单,也没什么很离奇的恋爱故事,有一些也是浅尝辄止,随随便便就完了。但是,也留下一些印象,这些印象我也不大掩饰它,有时就在一些作品里边写出来了,如实地,不是加以夸大。实际情况是这样,我这个人也不善于此道,这方面我不行。张同志走了以后,马上找一个老伴,那时倒有这种想法,但是拖下来了,到现在呢,就不能再找了,因为年岁太大了;另外,我也很怕找那个。我这个人对于家庭里的那些事,也不善于处理,不善于处理这种关系。到这个岁数找一个,假如不好,反倒增加很多麻烦。我觉得一个人安安静静地能够读点书,写点文章,就可以啦。现在我考虑,找那个是弊多利少,也造成各方面的矛盾,弄得心情不大愉快。我觉得,只有我那个天作之合并主张从一而终的老伴,才能坚忍不拔,勉勉强强地跟我度过了一生,换个别人,是一定早就拜拜了。

希望你千万不要在这方面,虚构情节。所有感情的纠缠,我都写进作品里去了。

郭志刚:孙犁同志,我不会。我能理解您的心情。

孙犁:关于文学这方面的事,我年轻的时候,也是很好名的,好利不好利,那时候无利可图,也谈不上,一直到进城以前,写文章也没什么利。我年轻的时候很好名,譬如说,上中学的时候,我们有个国文教员,每回发作文本的时候,好的作文都夹上点稿纸,准备在《育德月刊》上发表,老师发作文本的时候,我很注意我那里边是不是夹着稿纸。夹着,我就很高兴;不夹着,心里就很别扭,很失望。现在到这个年岁,走向世界,不走向世界,我从来没有想过。我也不以为走向世界就是光荣, 或者不走向世界就是不光荣。过去,在抗日战争中,是有所为而写作的,是为了工作。现在,我写文章,说真的,是消遣。有时闷得慌,写惯了,就写一点,没什么目的,甚至"为艺术而艺术"都谈不上,就是随随便便地写一点, 真正是随笔。至于写到别人的事,我当时也没有恶意,有些坏效果,得罪一些朋友,扪心自问,无愧于心。我也吸收一些经验教训,还是休息休息吧。现在我感觉,说话也没用,写文章也没什么用处。我从来也没有想过赶时髦，追求新奇，我不善经营，生活上无能，安于随随便便的简易生活，因此也不羡慕外国人，做梦也不想出国居住，如果在国外，我会吃不上饭的。我在银行里存了一些钱，我从来也不去管它，吃了很大的亏，可是，叫我买一个彩电，两千七，我还觉得它贵。

开这个学术讨论会，我兴趣也不大，刚一弄的时候，我坚决不干，我说，你们要开，朋友们来了我不去。那回是昌定他们，昌定当文学研究所所长。这次，我老了，也不跟他们争这个了，我说，你们头到我死，不弄一回，好像是个遗憾。昨天，学正来，跟我谈这个会的经过，谈完了以后，我说，学正，你这回没有遗憾了吧？究竟有什么意义，回头看文章，看有没有成果。对于文坛，对于写作，说真的，我有点不大关心，刚才，市里的那个负责同志说，无论如何，你还挂着作家协会的名。我是辞过好几次了，头到他们来，我还说，我坚决不干这个了，名誉的事也不干了。我说，我身体不好，我不能去开会；另外，对于一些青年同志，我也不大了解，他们对我也不大了解。今天又来谈，好像是说，你还得挂这么个名。我说，假如考虑这样对党有好处，那你们就看着办，按我个人说，我是不愿再干这种事了。

有些同志对我很热心，很热忱，对我很有感情，我是看得出来的,我对他们的心意,也很感激。但是,我不把我自己看得那么重,我从来也没有把我自己看得那么重,我也不觉得我有什么大的成绩,古今中外的一些作家,写的东西那么多,我才写了一点点东西。过去,干这行的人少,这叫什么,“没有朱砂,红土为贵”,是吧?大家研究呀,讨论呀,评论呀,做了很多文章,我自己有时也很惭愧。譬如说流派,我发表过好几次意见了,一位教授叫吴奔星,知道这个人,是吧?

郭志刚:知道。现在在南京。

孙犁:他说,孙犁前边是不承认这个流派的,后边又说不违众议,好像也承认这个流派了。关于流派,本来我就不大懂。有人说有,有人说无;有人说限于河北,有人说别的省市也有。有人说要发展,不能一成不变。我想,发展当然好,也要有个限度。比如,有的同志,在商品经济面前,要改变创作机制,千篇一律的,谈情说爱的小说,还嫌不应时,不过瘾,开始描写乱伦的情节,把这种小说,也算作荷花淀流派,不大妥当吧?

郭志刚:与会的同志们,既然都是来参加这个会议,多半还是志趣相同。也有人提出别的看法,那也是很自然的。我还听说——那倒不一定是在这次会上,别处也有这样的议论——说赵树理的出现是文学上的倒退。我不赞成这种看法。

孙犁:这也是很时髦的,前几年是超越,现在是否定。现在我总感觉到,有人极力地否定解放区的文学。解放区文学有它的一些缺点和所谓的局限性。但是,必须和时代联系起来,把那个时代抛开,只从作品上,拿今天的眼光来看,当然就发现它有很多不合时宜的地方。譬如说赵树理,你拿今天的一些理论,来判断他的作品,当然可以看出,这个那个,都不对。在抗日战争的时候,假如按今天这个理论去写东西,起到的作用,能够像赵树理起的作用那么大吗?不会,也不可能的。离开时代,来谈学术问题,那就失之千里。赵树理选择的创作方法,在当时,可能是他的最佳选择。如果他那时不是这样写作,而是按照今天一些人的主张,脱离政治,淡化主题,强调自我,那是不堪设想的。

那时的主题,就是抗日,这个主题是只能强化,不能淡化的。

批判一如创作,也并不是一件容易的事,必须有理有据,如果所据失实,那道理也就讲不通了。

作家总是带有时代的烙印,作品总是带有时代的特征。另外,文学与政治的关系,我过去总提离政治远一点,老给人家抓小辫儿。所谓远一点,就是不要图解,不要政治口号化。现在,有些人说解放区的文学,都是为政治服务,好像就是一钱不值了。我觉得,不是那么回事。当时为政治服务,也不是有人强迫,都是出自本心的。参加抗日战争,那是谁逼迫的?离着延安好几千里,跑到那里去,挺苦的,那是日本人逼迫的,那是大势所趋。不管怎么说,不能和政治一点关系都没有。现在一些新的文学作品和政治没有关系?都脱离尽了?我不相信。我看和政治更近了,功利性更强了。不是那么清高。有些人很时髦,过去强调政治对文学的作用;现在又强调文学什么都要脱离。现在又提什么"现实主义回归",我觉得,谈不到什么"回归",现实主义是个存在,它也没有到哪儿去。新把戏玩腻了,好像这又是一条路。现实主义是文学创作领域的土著,它不会轻易离开,更不会像一个棋子,随便被人移动。我也不认为暴露社会黑暗或渲染民族的落后愚昧,就是现实主义的新的深化。这种手法,古已有之,巧拙不同。目前有的,既谈不上新,也谈不上深。

现实主义的最大功能,是能在深刻广阔地反映社会现实之外,常常透露一种明智的政治预见。《红楼梦》创作于乾隆年代,并非创作于同光时期,但它预示了"满清"统治的败亡前景。“好了”这一主题，出现于清朝盛世，而不是清朝末世，这就是曹雪芹的现实主义。现在，我也很少看小说，偶尔看个一篇半篇的。一是老了，眼不行；一是那内容和我的目前生活距离很大。当然，也有很多好的作品，不可否认。我觉得，乱七八糟的东西太多了。出书，出版社没有心思去印正经的书，《陋巷集》印得还不如旧社会一折八扣的货。我赠出去的书，不少人来信说缺斤少两(短页)。现在，有“以文养文”的说法，说穿了，就是以坏书养好书，以坑害人的书，养有益于人的书。坏书一印几十万，好书只印两千本。从社会效益看，这究竟是谁养谁，是多么颠倒的事！前些日子，“百花”要出《我与百花》一书，叫题个词儿，我不爱干那个，考虑和他们的关系，我写了点，和别人写的不大一样，也给我印上了。

郭志刚：孙犁同志，您就随便跟我们聊天得啦。

孙犁：一会儿，我去拿照片去，拿照片你挑一挑。

郭志刚：印书的时候，还是希望有一些比较珍贵的照片，我拿走的话，用完之后再还回来。

孙犁：因为动乱，青少年时期的照片，已经很难找到。看到一些人能把婴孩的照片也公诸于世，真是羡慕不已。晚年送往迎来，照了一些相。选用时，最好不用和名流的合影,以免借重他人之嫌。可只用我个人的。家属的照片也最好少用。至于你在文章中,如何写我的交游,不在此限;咱们再谈一点儿,也不一定有用。

郭志刚:有用,就这么说吧,您讲话的声音,将来都会帮助我理解、回忆和想象,当然内容更有用了。写传,必须更贴近一点,因为我们又在两个地方,我如果住在天津,住在您的附近,还好办一点,录音呢,我回去可以放一放,听一听。

孙犁:我弄过两次了,有一次是《文艺报》,跟吴泰昌谈的时间比较长,你这是第二次,我从来也不弄录音机的,也没谈过那么长时间。现在老了,的确谈不出新东西来了,我现在很少思考新的问题,就是一些旧的,恐怕都是重复的。

郭志刚:我懂。

孙犁:我们常提"灵魂深处"这个词儿。只有真正看到作家灵魂深处的东西,才能写好作家的传记。就说文学,我经常思考的就是这个。小的时候就好这个,从上小学就好作文,老师在这方面也鼓励一些,中学也是这样。自己好看书,我们家里都说我是个书呆子,而且说我有点傻。我干这个,一是个人爱好,一是因为我干不了别的,没有能力去从事别的工作。按我这个家庭说,本来我可以去学徒,因为我父亲是从小学徒,是搞商业的,我父亲看我不行,说我伺候不了人,我小的时候比较娇惯,是独生子,好多弟兄就剩我一个人。所以,才叫我念书,家境也稍微好一点了。后来,我父亲愿意叫我考邮政局,就是考个邮务生。譬如说,县里的邮政局,有个局长,有一个邮务生,邮务生就是捡信。我正在北平流浪,我父亲一听到北平总局招考,就把我那中学毕业的文凭,用个小铁桶装上,给我挂号寄到北平,写信督促我去考。头一场我就没考上,一进屋子,就是英语会话。在中学里,我学英文还是很用功的,而且受到老师的好评,英文作文也能做好几页,念了好几本英文书。但是会话就不行。同时,邮政局里面,也是先用他们的子弟,就是顶替的意思,外人很难考上。没考上,我父亲当然就很失望了,也没有责备我,后来又给我找点职业,有两次职业,都是我父亲托人给找的。我都写过文章了,题目叫:在北平。我没有能力去一步一步地当个领导啊,或者是下边有一拨儿人呀,没有这个想法,也没有这个机会。所以,在抗日期间也好,在解放战争期间也好,我都是穿得破破烂烂的,生活很艰苦,搞了那么多年,连匹马都没有骑上,连个自行车都没有。我常有一种自卑感,就是说,我这个人不行。

郭志刚:孙犁同志,就做官这方面来讲,也许您有这种感觉,至于搞文学,我觉得您不会有这种感觉。

孙犁:这一生的经历,我不知道别人对我是怎么看法,自己心里觉得,假如不是抗日战争,可能我也成不了一个什么作家,也就是在家里继承我父亲那点财产,那么过下去,过成什么样子那也不知道。所以,对于参加抗日战争,参加共产党领导的工作,直到现在,我也不后悔。我总觉得,这是给了我一个机会,至少是在文学上给了我一个机会。至于今天,社会上的一些变化,国家的一些困难,我还是关心的,有时候想起来,心里也不是很平静。

郭志刚:您的文章早就流露出来了。

孙犁:不是那么平静。我感到,我们的问题很多,遇见的困难也很多。至于个人,文化大革命,或者是以前,在革命过程里遇到的一些事情,或者说一些不好的遭遇吧,当然也不是在心里没留下什么痕迹。但是,究竟我们这个国家怎么治理,怎么朝前走,脑子里想得比较多一点。爱国之心,是一种天性。遇有机会,还总想为国家出一点力,但常常是力不从心,或者是事与愿违。文化大革命,你看到了,一些人的人性,或者说是灵魂,堕落到了什么程度,卑污到了什么程度！致使一些洁身自好之士，纷纷自裁。当前，在引导人民致富之时，应积极引导人民向善。为富不仁，必引起很多麻烦。这本来也是文学的职责，现在有些作品，却反其道而行之。我越来越感到什么作家也离不开这个时代，他也得受当前政治的影响，很难在这方面，完全逍遥，那么孑然独立，那是不可能的。

郭志刚：我在《孙犁创作散论》里边曾谈到，您在内心深处还是关心政治的。因为政治和人民的命运休戚相关，我在书里说，像您这样的作家，不可能不关心人生，因而也不可能不关心政治。有篇文章说，作家之从事文学事业，就好像“飞蛾扑火”，有一种力量吸引他，他专注于文学是可以理解的。夸张点说，他将整个的生活和生命都投入了文学，大概他也不去考虑别的了。

孙犁：白乐天，“兼济天下”时，能写诗，“独善其身”时，也能写诗。我们不能和他相比，能做到独善其身，就算不错了。过去，我是很少用“小人”、“君子”这种词儿，现在写文章有时候也用了，你说这是儒家的什么也可以。古人有所谓鸿鹄之志，我们也不能高攀的。但出处的选择，还是应该有的，鸿鹄如果长期与鸡鹜为伍，终日与之争食、争宿，那它的高志也就降低为鸡鹜之志了。对于人生，对于社会,不像过去想得那么天真了。这种感情,在抗日战争期间,没有发生,在解放战争期间,也没有发生,就是从文化大革命以后,这种感情强烈了一些。有时候写文章就控制不住。人家说我现在变了,或者是笔法变了,我自己也克制这些。主要是我感觉到,现在写文章没有什么用处。

郭志刚:还是有用处的。

孙犁:社会风气的形成,谁都很难说,究竟是怎么形成的,究竟向哪方面发展,究竟怎么才能收拾、改变。这是很复杂的问题,也不是一天、两天能够解决的。我在青年时期,我父亲开始也是净找那些老先生,给我讲一点什么东西。后来,到了学校里,也有一些老先生,引导着我们读一些旧书。但那个时候,我主要的是读新书,那个时候,革命的书,革命的小说,最能吸引青年学生。我在中学里,写的文言文也还可以,我们有个老师叫孙念希,是华北有名的古文家。这个人是做官的,给一些要人当秘书长。他在我们学校里教过一个时期国文。

郭志刚:"育德"?

孙犁:嗯,"育德"。他是蠡县人,那是高中,他教了我们大概有两年,我都是写文言文,他还说是写得不错的。但是,那个时候,我主要是读新书,你大概从文章里都能看到。从我病了以后,新书就读得少了,从病了以后,我就开始买旧书,你看,在我吃饭的那屋里,两个大柜子里边,全部是这个。有几柜子线装书。我买来呢,就得翻一翻,买以前,得查一查这书是什么内容,我也增加了一些版本的知识,关于那些作者,他的传记,书的提要,也得读几篇。弄了好多年,把时间消耗在这上面。从读新书到读旧书,这也不是我一个人,我看历史上,特别是从五四以后,走这个路的人很多。这也可能是一种倒退,也可以说是复古,也可以说是一种没落,也可以说是什么别的,但是,我觉得不是那么回事。我没有上过大学,对中国文化有这么一个学习的机会,还是有好处的。文化大革命以前,有人就说,孙犁已经埋在故纸堆里了。

郭志刚:您写了这么多文章,把古书翻出新意来啦。

孙犁:现在大家又在那里批儒,文化大革命时叫什么?

郭志刚:叫做“批儒评法”。

孙犁:对,现在我看又在那批儒,要建立什么新的儒学。

郭志刚:有这个说法。

孙犁:我说,你不管是新儒学吧,旧儒学吧,中国这些旧的文化,作为一个中国的作家,一点都不懂,会闹笑话的。现在，笑话已经不少。我也是极力避免闹笑话，我老了，写“读书记”的时候，我是查了又查，翻了又翻，年代呀、姓名呀，有时候容易记错。所以，我对人说，你看我写“读书记”好像省劲，创作，我坐在那儿，脑子里有什么我就在那儿写了，“读书记”我得一个劲儿翻书，不定翻几遍，我才能写成一篇。我没上过大学，没受过科班训练，有时也出个别的差错。现在我写了这种文章，都是在《天津日报》发表，我可以自己校对，可以纠正一些东西。这几年写的“读书记”很不少。新书是读得少了，也很少看这几年介绍的文艺思想。弗洛伊德，在三十年代，我就读过一些。那天，我看胡适给董康日记写的序，那是民国十九年，里边就提到弗洛伊德。弗洛伊德不是什么新的东西，早就介绍到中国来了，胡秋原编的《读书杂志》，也介绍过。为什么在过去吹不起来呢？那和时代有关系。在二十年代、三十年代，你吹这个，是吹不起来的，不是没人想吹，这个风刮不起来，青年人不接受这个。正像现在青年人不接受我们当年接受的那些东西一样。现在它就可以成为一个思潮，成为大家认为是了不起的东西。我那次跟吴泰昌的谈话，也谈到过弗洛伊德。我说，弗洛伊德就一点用处也没有吗？现在我不愿意谈这个问题，什么东西谈得太过头了，就没什么意思。你在会场上认识一个傅正谷，是吧？

郭志刚：对。

孙犁：他经常买这些书。有时我说，正谷，你最近买什么书啦？你到书店里去了吗？有什么新书啊？他有时跟我念叨念叨，我才知道，现在又翻译过来一些什么书。翻译一些书比不翻译好，大家读一读。现在强调这些东西，说句老话，有社会根源。

郭志刚：傅正谷同志在会上发言，好像讲到这个意思，他说，他准备写一篇文章，叫做《孙犁同志和梦》呢，还是《孙犁同志和弗洛伊德》？

孙犁：因为他正在写关于梦的东西，他也想给我来一篇。日本厨川白村的《出了象牙之塔》、《苦闷的象征》，就完全是弗洛伊德，也可以说是发挥，早就介绍过来了，这两本书，我还很爱读，我在中学里就读了。鲁迅翻译过来了，丰子恺也译了一本。但是，鲁迅先生翻译了，他也不强调弗洛伊德，因为那个时候，整个的读书界、知识界、文化界都不是这个气候。那时候都是马克思主义，别的吹不起来。所以，哪一个时期，读什么书，是一种思潮，青年人的一种心理，一种要求，都和政治思想有关系。一个时代，知识分子，他的思想，他的遭遇，他的喜剧和悲剧，都和政治有关系。

郭志刚:孙犁同志,刚才您说,您是从读新书到旧书,五六年生病以后,就读旧书,当时具体的想法是什么?当然,可能是读旧书适于养病,带有一些消遣、解闷儿的性质。我想,不会完全是这个吧,您是不是有些别的想法呢?

孙犁:我养病回来,已经是六〇年了,回来才大批地买书。当时,有点稿费,我又不好买别的东西,我从小就好买书,过去没有钱,现在钱比较方便了,我没别的用途,不买房子,不买地。田间劝我在北京买一所宅子,他们都买了,很便宜。那个时候,北京呵,几千块钱就可以买个四合院,我跟老伴商量,老伴说,无论如何不买房。因为家里的房,土改时分给贫农团了,盖了多年都给拆了,她伤心啦。我就各地方去邮购书,除了在天津逛旧书摊儿,南京啊,上海啊,苏州啊,北京啊,各地方去要目录,要了我就圈上圈,寄回去,它就给我寄书来。我那个台阶上,每天邮政局给我送一大包、一大包的旧书。当时的想法,我在文章里说是要想当藏书家,想当藏书家,好像是当时的一种兴趣,不是对于新的文学失望,或者是对什么有一种幻灭感。

郭志刚:不会。

孙犁:不会是这个。当时情况,也不像文化大革命以后这样,可能就是要藏书,钻进去了,就出不来了。鲁迅说过,古书这个东西能把你陷进去。因为它那里浩如烟海,今天买了这个,明天又想买那个,买了很多没用的书。因为有用的书,人家早买去了,目录上剩下的没人要。我在那上边选择,也买不到什么珍贵的版本,花的钱也很不少。所以,关于历史的,关于哲学的,甚至于关于农业的,关于书法的,都有很多。也没有很好地看,弄了好多年这个。文化大革命就停止了。我也出不去了,现在古旧书店里也没有货了,也没有好书了,有一点都非常贵,一般的线装书,现在一本就是好几块钱,都是影印的,拿线一穿,就是好几块钱,买不起,也不想买了。除非我写什么文章,我才找出书来,不然,我也很少看了。

郭志刚:藏书家往往是这样。买了书,他就在那预备着,用的时候方便。您的读书记,我看精力占了很多,也是非常有价值的。这可能是跟人生的经验、阅历有关系。您的看法往往是非常新颖的,跟现实联系也很紧。您这些年写的,我没有都读,您前些年写的,我倒是都读了,“文集”里的我都读了。

孙犁:在日常生活方面,我好像也多少写过。我这个人,现在显得很琐碎,很固执,有点吝啬。我的确是什么东西都不愿意糟踏，这回搬家，孩子们说，破破烂烂的，就不要搬到新房间里了。结果，整个又过来了，破衣服、破鞋、破袜子，全部带过来了，到这边也没有扔，又收起来了。我有很多稿纸，有一回，我还叫晓明拿回去好多，我说，我用不了那么多稿纸。我老是裁废纸条子，写东西、写信都是用那个。看见白纸就弄下来，放在写字台上边了。

郭志刚：这不是吝啬。

孙犁：我跟家里人说，我是个穷学生出身，我过的那生活，从学生，到当个小职员，到当个小学教员，我那收入，是微不足道的，我还要买书，还要给家里一部分。我从小养成这个生活习惯。在战争期间，困难就更多了。我说，这很难改。我看见别人糟踏东西呀，心里就很别扭。直到现在，我铺的一个褥子，是我母亲铺过的，小孩们不要，给我扔过来了。我也不说这是一种好的品德，我觉得就是琐碎、固执，不开拓，啊？

郭志刚：您自己这样说。

孙犁：人家都那么说，孙犁这个人很难处，谁跟他在一块儿，也待不长，造成这么一个印象，是因为文化大革命时，有些传言。我觉得，有别扭之处，也不完全是那样子。譬如，晓明，他要是不经常往我这儿跑呢，他对我也不了解，可能听见人们传说,就认为我是那么一个人。实际接触多了,也不完全是那样子。我倒是孤僻,这一点,我自己承认。现在,我的确是不愿意多接触人,朋友们来了,我也比较冷淡,就是不那么热情。我们也算熟了,你也会有这种感觉。不愿意接触人,不愿意追逐。康濯的爱人来了,她叫王勉思,她要在我这儿吃饭,我说,勉思,咱们买两毛钱的肉,吃饺子吧。那是前几年的事, 现在两毛钱根本不卖给你,勉思回去说,老孙叫我吃两毛钱的肉饺子。康濯也是,我们算是最熟了,有一回,他跟我老伴说:“今天好了,留我吃饭了。”我很少留人吃饭。

郭志刚:可以理解。这些跟您的文章、为人,倒是满一致的,无可厚非。人有各种各样。假如换一种方式呢,可能我们读到的就不是现在的孙犁的文章了。

孙犁:天津有个叫克明的,有一回,我留他吃碗面条儿。他说,相交这么些年,孙犁同志就请我吃过一顿面条儿。生活上,我现在的确是很少想,也没有什么欲望,可能是老了,不想再弄点什么名堂,或留些什么身后的名。年轻的时候,人家写一篇评论文章,里边有些不适宜的话,我心里还不大高兴。现在你把我写成什么样子都没关系。我都不会责怪你。可能是人到了无可奈何的时候,就是这么一种状态。

张同志在这儿待了那么几年,走了以后,我的确也写了有关她的故事,但是我对于她,并没有恶意。我觉得,她走那也是应该的,我并不责怪她,你看了我写的那个《幻觉》,是吧?在当时,人家有人家的想法。我还有一篇文章没有发表,在《人民日报》放着,题目叫《续弦》,回头你看一看,那篇小说可能还有点意思。我对她没有恶感,想起来,也是各有好处,各有缺点吧。有些人认为,孙犁很重感情,这样大的打击,好像受不了。也不是那么回事,这都是人生可能遇到的事情,我也不把它看得那么重。一生吧,我们不能比拟什么伟大的人物,就是我这个平凡的人,也遇到过洪水,差点把我冲到河里去,遭到灭顶之灾。几次炸弹没有炸死,枪子儿在身边跑的那就更多,文化大革命,几次想自杀都没有死成。这也不是什么悲剧。作为一个人,一个时代,在这个时代里走过来,他要遇见激流,遇见旋涡,遇见礁石。总而言之是走过来了,这就算命大。所以,一切事情,我都看得很淡,对于儿女们呢,我也不看得那么重,就像司马迁对朋友说的。总而言之,我目前的状态,在别人看来,是孤独寂寞,我自己还没有什么太寂寞的感觉。我只要写起文章来,我觉得很有意思。我说无论如何不能放弃写文章。你不叫我干别的可以,写文章好像对我很有用处。但我和我的文章，毕竟是像一片经过严霜的秋叶，它正在空中盘旋。人们或许仍在欣赏它的什么，飘落大地,化为泥土,才是它的归宿。

郭志刚:这是您的修养。孙犁同志,您跟那些老朋友,现在还来往吗?来往还多吗?

孙犁:也没有多少人了,天津的老人们,有来往的就三五个人了,那天参加会的两个老头陈洁民、孙五川,都是老朋友。这几年陆续地死了一些，外地的这几年联系也少。写信也少了。我认识人并不少,文艺界老一代的,年轻时,曾整天在一块儿。

郭志刚:跟舒群同志有来往吧?

孙犁:有时候,捎个信儿什么的。我这个人是这样,多么要好的朋友,也不是经常地、热烈地去接近。就是老领导,我也很少给他们写信,我也很少给他们赠书。周扬同志看到我的"文集",说,你写了这么多辅导文章,过去我不知道。

郭志刚:从您跟丁玲同志的通信看,您对丁玲同志是比较敬仰的。

孙犁:丁玲这个人,好交朋友,她好联系人。

郭志刚:舒群同志,我是从您写的文章里面看到的。还有朱寨同志,他说,他听过您讲《红楼梦》,到现在印象还很深刻,还说您比同时代作家,受社会科学,受文艺理论的影响更深。您对朱寨同志有印象吗?

孙犁:有印象,他是文学系的,那时候,一块儿在"鲁艺",因为就那么几个人,我都记得。

郭志刚:跟何其芳……

孙犁:都在一排山上,但我很少到人家去,人家也不常跟我说话。我对人都是很尊重的,直到现在,提起过去的一些老同志,譬如,我写的《关于丁玲》那篇文章里,我说,严文井同志曾经带着我和邵子南,去听周恩来同志的报告。严文井同志看到那篇文章,马上给舒群同志打电话,他很高兴。我对于过去的一些同志,一些战友,或者稍微年岁大一些的,我都是很尊重的。我觉得,不管别人对我怎么看,我在文艺界,没有对不起朋友。我一生作文,像个散兵。我从来没有依附过什么人,也没有拉拢过什么人。我觉得,我没有必要那样去做。

我从小就有些孤僻,我在老家的时候,我那老伴就说,来了人呢,他要不就洗手绢呀,要不就是找什么东西呀,总是不能很好地坐在那儿,和人对着面地说话。我不好凑热闹，好往背静的地方走。当年，举国若狂，争先恐后往大寨、小靳庄参观，我一次也没有去过，也不想去。我现在的身体，也还可以，比上不足，比下有余。我一说话，声音特别大，是教书练出来的，我那时教书，是在大席棚里，五六百人坐着小板凳，我要喊到后边那一排也能听见。还有就是走路，直到现在，人们都说我走得很快，是抗日战争走出来的。一切还算是不错的。

郭志刚：您谈的这些，对我非常宝贵，如果能多有几次这样的谈话就好了。

孙犁：我还是希望你多读我的作品。

一九八八年十月十七日

谈理解

这些年,理解一词很流行。好像过去人们都不知道这个词儿,是一种新发明似的。从此以后,是不是人们之间,理解的程度就会加强加深了呢,不得而知。

我认为,人与人的相互理解,自古以来,就被看作是应该的,但做到,却是很困难的。这像很多事情一样,这不仅仅是一种愿望,而是一种实际。凡是实际,都包含着历史、时代、环境诸种因素。如果只理解一种因素,不理解别种因素,必然会造成误解。即使同一因素之中,还有因时、因地、因人的差别。至于偶然的影响,那就更是千变万化,难以捉摸的了。

所以说,理解是不容易做到的。

我没有写过畅销的书,有些稿费,文化大革命,为应付当时局面,已上缴国库。近年虽时有短文发表,每篇或二十元，或四十元，于生活不无小补，然一二年才能凑成一本小书，稿酬亦不过千元上下。银行虽尚有些积蓄，然须防老，不敢轻动。

这是我的经济实际。但有些人就不能理解，“文革”时的一些情景，且不去说了。直到现在还有人张口借三千五千。有一位贵州小姑娘，来信向我要两千，还要我亲自给她送去，她在村边等我。

她不知道，我即使能旅游，也游不到贵州了。这就是因为她不理解我的另一种实际：我不是慈善家，甚至不是一个慷慨的人。

还有的青年人，来信叫我买书、买物品，替打官司。他们说，如果你出不去，可以派秘书去办。

他们不知道，我这里没有秘书，一辈子也没有用过秘书，现在甚至没有三尺应门的童子。我住在三楼，上下不便，每逢有收报费，投挂号信的，在楼下一喊叫，我就紧张万分，天黑怕跌跤，下雪怕路滑，刮风怕感冒，只好不订报，不叫朋友寄挂号件。就是平信，也因不能及时收取，每每遗失。在此，吁请朋友来信，不要再贴特种邮票。

这又是一种实际，鲜为人知。

近年作家一行，早已不为人羡慕，因为他们的收入，已远不及演员、歌星、画家,甚至做小生意的人。但社会上的一些书呆子,仍把它看作生财之道,还以为我们这些人生活得多么阔气,多么幸福,多么有办法。这注定他们的前途,也不会光明的,因为他们对人的实际,理解太不够了。

但这也只是一方面的实际,另一方面则是:多一分资财,就多一分理解;少一分资财,就少一分理解。这是古今一致的。

古人云:隔行如隔山。俗话又说:知人知面不知心,都是经验之谈,不可不信。虽是同行,也并不是那么容易相互理解的;即使是亲人,理解也不会是那么全面的。旧剧《刺王僚》有唱词曰:虽然是兄弟们情意有,各人心机各自谋。每听到时,心里总是感慨万分的,惊心动魄的。

一九九〇年二月二日上午

谈闲情

人生，总得有一点闲情。闲情逐渐消失，实际就是生命的逐渐消失。

我是农家的孩子，农村的玩意儿，我都喜欢，一生不忘。例如养蝈蝈，直至老年，还是一种爱好，但这些年总是活不长。今年，外孙女代我买的一只很绿嫩的蝈蝈，昨天又死去了。我忽然想：这是我养的最后一只。我眼花耳背，既看不清它的形体，又听不清它的鸣叫，这种闲情，要结束了。

幼年在农村，一只蝈蝈，可以养到过春节。白天揣在怀里，夜晚放在被里，都可以听到它欢畅的叫声。蝈蝈好吃白菜心。老了，大腿、须、牙都掉了，就喂它豆腐，还是不停地叫。

童年之时，烈日当空，伫立田垄，蹑手蹑脚，审视谛听。

兴奋紧张,满头大汗。捉住一只蝈蝈,那种愉快,是无与伦比的。比发了大财还高兴。

用秫秸眉子,编个荸荠形的小葫芦,把它养起来,朝斯暮斯,那种情景,也是无与伦比的。

为什么在城市,就养不活?它的寿命这样短,刚刚立过秋就溘然长逝了。

战争年代,我无心于此。平原的青纱帐里,山地的衰草丛中,不乏蝈蝈的鸣叫,我好像都听不到,因为没有闲情。

平原上,蝈蝈已经不复存在,农民用农药消灭了蝗虫,同时就消灭了蝈蝈。十几年前,我回故乡看见,只有从西南边几个县过来的行人,带有这种稀罕物。也是十几年前,在蓟县山坳里,还听到它的叫声。

这些年,我总是喂它传统的食物,难免有污染,所以活不长。

当然,人的闲情,也不能太多。太多,就会引来苦恼,引来牢骚。太多,就会成为八旗子弟。初进城时,旧货摊上,常常看到旗人玩的牙镶细雕的蝈蝈葫芦,但我不喜这些东西,宁可买一只农民出售的,用紫色染过的小葫芦。

得到一个封号,领一份俸禄。无战争之苦,无家计之劳。国家无考成，人民无需索。住好房，坐好车，出入餐厅，旅游山水。悠哉度日，至于老死。不知自愧，尚为不平之鸣，抱怨环境不宽松，别人不宽容。这种娇生惯养的纨绔子弟，注定是什么事也做不成的。

一九九〇年八月十六日中午记

一本小书的发现

前些日子，忽然接到老朋友陈肇的一封信，内称："报告你个好消息：几十年来未曾找到的，你在通讯社写的那本《论通讯员及通讯写作诸问题》，今天在北京图书馆找到了(不是原本，是翻印本)。他们可供复制，可供抄写，你考虑一下用什么办法复制下来？"

他说的"今天"，就是他写信的五月二十七日。肇公是久病之人，但他这封信，写得清楚通畅，看来也是因为这一件事而高兴。我们都是晋察冀通讯社的最初成员，他当然也参加了这本小书的"集体讨论"，我是"执笔"者。

我喜出望外，对于这本小书，我可以说是梦寐以求的。随即给他复信：如果精力来得及，希望设法复印一本，费用由我来出。又考虑，他是有病之人，就又给在北京工作的二女儿写信，叫她去陈伯伯那里商量这件事。

不久，女儿回信说，她去了陈伯伯家。看到陈伯伯走路十分艰难，陈伯母双腿已不能行走，只能坐在藤椅上，看上去，已失去了说话的能力。看到这里，我的心情，又沉重起来，原来的高兴劲，顿时凉了一半。我们这一辈人，现在都老了！

肇公还是帮她找了，发现这本书的曹国辉同志，也是晋察冀的老人。曹同志告诉女儿复制的手续。

过了几天，女儿来信说：北京图书馆善本书室，规章制度很严格，经过多种手续，并经主任批示，她才见到了这本小书：三十二开，五十五页，铅印。封皮、封底，用一种黄色薄牛皮纸包着，用毛笔写的书名(竖写)，封底有一个依稀可见的方戳：北京东安市场旧书店。

据此可知，书的原有封面及封底，已经破损。但据书皮上写的“抗敌报社经售”字样，我仍断定为原印本，并非翻印本。

书已经拍照、复印，即将寄来。

难得呀，难得！

经过五十多年，它究竟怎样留存下来？谁保存了它？怎样到了北京的古旧书店？又怎样到了北图的善本书室？都无从考查，也没有必要去考查了。

我只在这里，感谢善本书室，感谢曹同志，感谢肇公和我的女儿，他们使我临近晚年，能够看到青年时期写的、本已绝望的书。

这本小书，写于一九三九年十月，出版于一九四〇年四月。地点是阜平。

它现在陈列在北京图书馆，就像那些战争年代遗留下来的老式枪支、手榴弹，陈列在历史博物馆里一样。

一九九〇年六月十五日记，时患感冒

《论通讯员及通讯写作诸问题》校读后记

五月二十七日，从肇公处得知此书被发现，中间经过女儿拍照、复制，从北京送来。七月二日，《人民日报》发表了我写的小文，中国现代文学馆的杨犁同志又来信说，他们那里也藏有一本，这真是“无独有偶”的好消息。我函托他再复制一本，因为我已有的一本，模糊不清。

文学馆的复制件，较之北图的，稍为清楚，然借以付印，还是有问题。因此，又请张金池同志录一清本。正值暑热，他一边抄，又要对照用胶卷放大的照片，十分辛苦。我根据他的誊录，校阅一遍，七月二十五日完毕。

这次校阅，没有做什么修改，我从来不修改过去所写的文字。只是在一些字句的修辞上，稍加改正。一些译名，也没有按照今日通行的改过来，以存当日面貌。

这本小书，初发现之时，兴奋之余，我还信心不足，以为青年时文字,今日读之,或无足轻重。但等我校完,印象和原来想的,大不相同。认为它是我在那个特殊的时期,写下的一本有特殊内容的书。

它不只片断地记录了中国人民反抗日本帝国主义的斗争;也零碎地记录了全世界人民反抗法西斯的斗争。在这本薄薄的小书里,保存了全世界被侵略、被压迫、被剥夺、被杀戮的弱小之国的人民,奔赴、呼号、冲击、战斗的身影,记录了四十年代之初,蔓延在整个地球上的一股壮烈的洪流,一股如雷鸣般喷发的正气。

现在,有人说,帝国主义已经消亡,法西斯已是陈迹。是不是这样,只有现实和历史,可以判断。一切美言,一切装扮,一切幻想,一切蒙蔽,都是不可信的。

它不只是一本关于新闻工作的书,更主要的,它是一本关于文艺工作的书。它是我在写作《文艺学习》一书之前,对我的文艺思想和文艺理论的一次初步的、系统的检阅。在其中,也记录了我在那一时期的生活和感情。

一九九〇年七月二十六日下午记

那时周围是炮火连天的,生活是衣食不继的。这次,肇公对我女儿说:“我清楚记得,你父亲每天在那个破败的小院里,认真地写作这本小书的情景。”

那年我二十六岁,它是我真正的青春遗响。

次日晨起又记

关于报告文学和纪实文学

一、好的历史著作,可作为文学作品读。如《史记》、《资治通鉴》的一些篇章,早已如此。但多么好的文学作品,虽然它写的是历史故事,也不能拿来当历史读。如《三国演义》,从来都是列入文学史,没人把它列入历史。有人把它当历史读,是没有历史知识,也没有文学知识。

二、写历史和写文学,用的是两股劲,用的是两种方法。当然,作家有时也写历史著作,如韩愈就写过《顺宗实录》,柳文中也有历史记载,如《段太尉逸事状》。但他们都标明是历史,按历史去写。没有标明这是报告文学或纪实文学。历史家也写文学作品,司马迁、班固都写词赋,也不会和写历史相混,说这是纪实。

三、报告文学,在三十年代初兴起时,是一种革命的、现实的、短小的文学形式。战斗性很强,作者倾向性鲜明。

这一形式,甚至为一些早已成名的作家所运用,如爱伦堡。当时不乏佳作,也有些作品,篇幅较长,十万字左右。太长的则没有见过。

纪实文学之名,则为近年新创,过去未闻过。

四、报告文学这一形式,从创造这一名称,到如今在中国大流行,也不过半个多世纪。最早的名家是基希、爱伦堡等。斯诺的《西行漫记》在今天来看,可以说是长篇报告文学,但在当时,作者本人和评论家,都没有这样去看。漫记就是漫记现实,漫记历史。作者是用写历史的态度和方法工作的。

五、历史家注意的,是和历史有关的大局、大事、人物大节。如《项羽本纪》,写到虞姬的文字极少,最后写了那么一两句,是为了表现英雄末路。如果是文学作品,就会抓住虞姬不放,大事渲染。从她怎样与项羽认识,日常感情如何,写到临别时(《史记》没写她死,也没有写别离)的心理状态,纠缠不清,历史家如果这样去写,那就不成其为历史名著了。

六、其实,就是报告文学,也应该多从大处着眼,多存史实,多写些客观,少表露主观方面。现在,有些报告文学,客观、现实的内容,极为贫乏,而作者主观的表露,太频繁,太强烈。边叙边议,已是司空见惯,大段描写、大段感想,没完没了的抒情,更是给人以喧宾夺主之感,觉得实在多余。

七、历史家掌握材料,要多、要全面、要能理出脉络,要能找出关键。要有新的、重要的发见,在处理上,要有不同一般的剪裁和取舍。如果没有以上这些,所知甚少,人云亦云,只是添加想象,添加描写,那就既不能成为历史,也不能叫做文学,只能是欺人之谈。

八、一般读者,要看报告文学,也多是想从中知道一些历史事件的真相。像目前这样以大人物、大事件做幌子,真真假假、虚虚实实的既非文学,又非历史的所谓报告文学、纪实文学,实弊多而利少。

九、在我新近发见的小书:《论通讯员及通讯写作诸问题》里,附有基希的一段关于报告文学的话。这虽然是最权威的话,目前已很难得见,兹抄录如下,供报告文学作者参考:

> 报告文学者所描写的地方和事象,他所尝试的经验,他所证明的历史,他所探测的源泉,不应该一定要是辽远的,稀有的,使人们难以接近的。在一个

总是要想隐匿真相,因此愈是找着谎话的世界里,我们的作家,只要能够靠得住他的对象就好。世界上没有比较简单的真实奇异的,没有比我们周围的环境更富于异地风光的,也没有比客观的现象更美丽的事物。

这就是说,报告文学的特点和要求是:单纯、现实、客观。

一九九〇年七月八日记

我的经部书

因为我特别爱好书，书就成了生死与共之物。

发还抄家书籍，好像是在一九七三年，那时我还住在佟楼。第二年春天，迁回多伦道旧居，书籍亦随之回归。那时我正在白洋淀，参加一个剧本的制作，搬家的事，由同居张氏照料，报社文艺组同人帮忙。后来文艺组同志们打扑克，谁要是牌运不佳，就说：孙犁搬家，总是书(输)。从这一谚语的形成，可见当时书的盛况。

等我回来以后，书籍还堆积在屋当中的地板上，如同一个土丘。冬季，稍事安排整理，我记录了一本“残存书籍草目”，是逐柜填写的，很杂乱无章。后又在一本《书目答问》上，用红铅笔，把我所有的，点一个记号，在书目之上。这是单凭记忆做的，那时对书籍的记忆犹新，很少遗漏，现在再想这样做，是做不到了。

从这些红点上，可以看出我藏书的大略。当然，《书目答问》以外的书，不在此列。也可以看出，进城以后，我读书的过程。

但经部书寥寥，在书目上，几乎看不到红点。有红点的，也是一些无关紧要的小书，如《考工记图》、《白虎通义》、《燕乐考原》之类。这证明我当时对经书，是没有多大兴趣的，买以上小书，也并非是为了“明经”，而是当作杂记之类的书买的。

其实，几种主要的经书，我还是收藏了的，不知为什么没有画上红点。《周易》，王弼注，四部丛刊影印宋本。《礼记》，郑氏注，四部丛刊影印宋本。《论语》，何晏集解，四部丛刊影印日本正平刊本。《孟子》，赵氏注，四部丛刊影印宋本。

这些，都是古本古注，字大清楚，眉目整齐，翻翻看看，实在痛快，不能不叹古人印书之下工夫。

《春秋左传》，杜预注。商务印书馆大字排印本，油光纸，线装十二册。这是当时的一种普通读本，现在看起来，无论纸张、印刷、装订，都还是难得的。此书装修于一九七六年三月五日。时家庭有事，居室不安，我在新包书皮上，写有几段文字，实为当时个人私虑，一时心声。后念不雅，恐异日得此书者,不能理解,徒增疑闷,乃剪去之。用同类纸贴补,又嫌不好看,用近年一些青年人为我刻的图章,装饰了一下。这一切种种,都证明老年人的神魂颠倒,情意无聊。也证明我实在没有能从经书中,得到什么修养。

此外,书架上还有四部备要本的《毛诗正义》,《尚书古今文注疏》等等。

我自幼上的是洋学堂,没有念过四书五经,总觉得是个遗憾。上初中时,曾先后两次买过坊间石印的四书,和商务的大字排印本,好像也没有细读,这些书,后来也就都丢了。抗战时期,我赴延安,书袋里还装着一本线装的《孟子》。这说明,我是一直想补上这一课,而终于不能无师自通,没能补上。

过去的学龄儿童,真不知道是怎样对付四书五经的,靠死背硬记,逐渐领会,居然能读懂,并能学以致用,我想象不出这个过程。

崔东壁介绍他父亲教孩子们读经书的办法是:

> 教人治经,不使先观传注。必先取经文,熟读潜玩,以求圣人之意。俟稍稍能解,然后读传注以证之。

这就更玄了。“熟读”,是可以想象的;“潜玩”就有些莫名其妙。一个小孩子如何能够去“求圣人之意”呢?

但崔东壁绝不会是说诳话,他就是用这个办法,造就成的一位大经学家。

崔东壁又说:

> 奉先人之教,不以传注杂于经,不以诸子百家杂于经传。……然后知圣人之心,如天地日月,而后人晦之者多也。

以上两段文字,均见他的“考信录自序”。后面一段,是和上段相承,谈他自己治经学的方法的。

学问一事,确实是有多种方法,多种渠道,不能刻舟求剑的。

我天性驽钝,基础差,读古籍,总是要靠注的。但也不喜欢过于繁琐的注,并相信古注。也发现有些注,确是违反了著作的原意。

我对经书,肯定是无所成就了。难道就是因为我没有上过私塾吗?

难道中国的经书,必须在幼年时背过,才能在一生中,得到利用吗？

当初，孔子向老子问道的时候，老子只简单地回答了几句话：

> 子所言者，其人与骨，皆已朽矣，独其言在耳。且君者，得其时则驾；不得其时则蓬累而行。

自古以来，经书对于人，人对于经书，不过如此而已，吾何恨焉！

一九九〇年六月十八日改讫。大热，挂蚊帐

我的史部书

按照四部分类法，史部包括：正史、编年、纪事本末、古史、别史、杂史、载记、传记、诏令奏议、地理、政书、谱录、金石、史评，共十四类。每类又分小项目，如杂史中有：事实、掌故、琐记。这显然不很科学，也很繁琐。但史书，确实占有中国古籍的大部。经书没有几种，占据书目的，不是经的本文，而是所谓"经解"。

历代读书界，都很重视史书，经史并重，甚至有六经皆史之说。我国历史悠久，史书汗牛充栋，无足奇怪。

人类重史书，实际是重现实。是想从历史上的经验教训，解释或解决现实中存在的问题。

我在青年时，并不喜好史书。回想在学校读书的情况，还是喜欢读一些抽象的哲学、美学，或新的政治、经济学说。至于文艺作品，也多是理想、梦幻的内容。这是因为青年人，生活和经历，都很单纯，遇到的，不过是青年期的烦恼和苦闷，不想，也不知道，在历史著作中去寻找答案。

进城以后，我好在旧书摊买书，那时书摊上多是商务印书馆的书，其中四部丛刊、丛书集成零本很多，价钱也便宜，我买了不少。直到现在，四部丛刊的书，还有满满一个书柜。丛书集成的零本，虽然在佟楼，别人给糊里糊涂地卖去一部分，留下的还是不少，它的书型和商务的另一种大型丛书——万有文库相同，现在合起来，占据半个书柜。剩下的半个书柜，叫商务的国学基本丛书占用。

此外，还买了不少中华书局的四部备要零本，都是线装——其中包括十几种正史。

这些书中，大部分是史部书。书是零星买来的，我阅读时，并没有系统。比如我买来一部《建炎以来朝野杂记》，认真地读过了，后来又遇到《建炎以来系年要录》，我就又买了来，但因为部头太大，只是读了一些部分。读书和买书的兴趣，都是这样引起，像顺藤摸瓜一样，真正吞下肚的，常常是那些小个的瓜，大个的瓜，就只好陈列起来了。

还有一个例子，进城不久，我买了一部《贞观政要》，对贞观之治和初唐的历史，发生了兴趣，就又买了《大唐创业起居注》、《隋唐嘉话》、《唐摭言》(鲁迅先生介绍过这本书)、《唐鉴》、《唐会要》等书。这些书都是认真读过了的。

还有一个小插曲:五十年代当一个朋友,看到我的书架上有《贞观政要》一书,就向别人表扬我,说:“谁说孙犁不关心政治?”其实,我是偶然买来,偶然读了,和“关心政治”毫无关系。

又例如:我买了一部《大唐西域记》,后来就又买了《大唐玄奘法师传》。这部书是大汉奸王揖唐为他父亲的亡灵捐资刻印的,朱印本,很精致,只花了八角钱,卖书小贩还很高兴。再例如,因为从《贞观政要》,知道了魏征,就又买了他辑录的《群书治要》,这当然已非史书。

买书就像蔓草生长一样,不知串到哪里去。它能使四部沟通,文史交互。涉猎越来越广,知识越来越增加。是一种收获,也是一种喜悦。

我买的史部书很多,在《书目答问》上,红点是密密的,尤其是杂史、载记部分。关于靖康、晚明、清初、太平天国的书,如《靖康传信录》、《松漠纪闻》、《荆驼逸史》、《绥寇纪略》、《痛史》、《太平天国资料汇编》,都应有尽有。对胜利者虽无羡慕之心,对失败者确曾有同情之意。

但历史书的好处在于:一个朝代,一个人物,一种制度的兴起,有其由来;灭亡消失,也有其道理。这和看小说,自不一样。从中看到的，也不只是英雄人物个人的兴衰，还可看到一个时期，广大人民群众的兴奋和血泪，虽然并不显著。

经过抗日战争、解放战争、土地改革、全国胜利，进入天津以后，我已经到了不惑之年。本来可以安心做些事业了，但由于身体的素质差，精力的消耗多，我突然病了。

有了一些人生的阅历和经验，我对文艺书籍的虚无缥缈、缠绵悱恻，不再感兴趣。即使红楼、西厢，过去那么如醉如痴，倾心的书，也都束之高阁。又因为脑力弱，对于翻译过来的哲学、理论书籍，句子太长，修辞、逻辑复杂，也不再愿意去看。我的读书，就进入了读短书，读消遣书的阶段。

中国的史书，笔记小说，成了我这一时期的主要读物。先是读一些与文学史有关的，如《武林旧事》、《东京梦华录》、《梦粱录》、《西湖游览志》等书，进一步读名为地理书而实为文学名著的：《水经注》，《洛阳伽蓝记》。由纲领性的历史书，如《稽古录》、《纲鉴易知录》，进而读《资治通鉴》、《十六国春秋》、《十国春秋》等。

这一时期，我觉得历史故事，历史人物，比起文学作品的故事和人物，更引人入胜。《史记》、《三国志注》的人物描写，使我叹服不已。《资治通鉴》里写到的人物事件，使我牢记不忘。我曾把我这些感受，同在颐和园一起休养的一位同行，在清晨去牡丹园观赏时，情不自禁地述说了起来，但并没有引起那位同行的同调。

阅读史书，是为了用历史印证现实，也必须用现实印证历史。历史可信吗？我们只能说：大体可信。如果说完全不可信，那就成了虚无主义。但尽信书不如无书的古训，还是有道理的。

读一种史书之前，必须辨明作者的立场和用心，作者如果是正派人，道德、学术都靠得住，写的书就可靠。反之，则有疑问。这就是司马迁、司马光，所以能独称千古的道理。

一九九〇年六月二十一日写讫

我的子部书

子部书，在我的印象里，应该是那些古代思想家的书，例如周秦诸子，或汉魏时期，能成一家之言的著作。翻看《书目答问》，才知不然。子部的引首说：

> 周秦诸子，皆自成一家学术。后世群书，其不能归入经史者，强附子部，名似而实非也。

所以，这种旧的图书分类法，在子部表现得最为混乱。它包括：周秦诸子、儒、法、兵、农、小说、释道、医、杂各家。还包括天文算法、术数、艺术、类书。现把我所有的子部书，过去没有谈到的，择要叙述如下：

我的《荀子》，是王先谦集解本，思贤讲舍木刻本，字体工整，白纸。书的原主，还裱糊了一个极别致的书套，可以保护书的各个方面。《孔丛子》是万有文库本。《孙子》是近年中华印本。

我没有买到好版本的《管子》。《韩非子》现存的，是顾广圻校过的木刻本，远不如王先慎集解本阅读方便。这部书我青年时读过，“文革”后期，又抄录过重要篇章。《墨子》是孙诒让的《墨子间诂》，商务国学基本丛书本。书前有俞樾序，作于光绪二十一年。首称：

> 孟子以杨墨并言，辟而辟之。然杨非墨匹也。杨子之书不传，略见于列子之书，自适其适而已。墨子则达于天人之理，熟于事务之情。又深察春秋战国百余年间时势之变，欲补弊扶偏，以复之于古。郑重其意，反复其言，以冀世主之一听。虽若有稍诡于正者，而实千古之有心人也。尸佼谓孔子贵公，墨子贵兼，其实则一。韩非以儒墨并为世之显学。至汉世犹以孔墨并称，尼山而外，其莫尚于此老乎？

这说明墨学的重要，是晚清学者的一种见解。俞樾著述颇多，其《诸子平议》很有名，寒斋有之。我的这两本《墨子间诂》，虽是极普通的版本，但原主在书根上写的书名，秀整非常，可知也是很爱惜书的人，书保存得很干净。书后附有丰富的参考材料。

我的四部丛刊零本中，有《老子道德经》，是影印的宋本。此外有国学基本丛书本魏源撰《老子正义》，作为日常读本。《老子》一书，我虽知喜爱，但总是读不好，至今依然。《庄子》是影印明世德堂本的《南华真经》，共五册。此外有日常读本《庄子集解》。《庄子》一书，因中学老师，曾有讲授，稍能通解。

民国初年，夏曾佑著《中国古代史》，第二章第十二节，是《三家总论》，简单扼要地介绍了老、孔、墨三家学说的优缺。录其要点如下：

> 九流百家，无不源于老子。
>
> 道家之真不传。今之道家，皆神仙家。
>
> 老子于鬼神数术，一切不取，其宗旨过高，非多数人所解，故其教不能大。
>
> 凡学说与政论之变，其先出之书，所以矫前代之失者，往往矫枉过正。老子之书，有破坏而无建立，可以备一家之哲学，不可以为千古之国教。
>
> 孔子留数术而去鬼神，较老子近人，然仍与下流

社会不合,故其教只行于上等人。

墨子留鬼神而去数术,然有天志而无天堂之福;有明鬼而无地狱之罪。是人之从墨者,苦身焦思而无报;违墨子者,放辟邪侈而无罚也。故上下之人,均不乐之,其教遂亡。

我读古书少,不求甚解,面对玄虚深奥之作,常常不得要领。夏氏讲解通俗,遂笔记焉。然他说:

佛教西来,兼老、墨之长,而去其短,遂大行于中国。

这就有些过头了。民初学者的见解,已和晚清,大有不同。学术总是随时代而变化其研究动向。学者对古代文化的评价,也是适应当时的政治要求和社会意识的。

以上为周秦诸子。汉魏子书:我有《法言》(汉扬雄)、《新语》(汉陆贾)、《新书》(汉贾谊)、《盐铁论》(汉桓宽)、《论衡》(汉王充)、《申鉴》(汉荀悦)、《潜夫论》(汉王符)、《人物志》(魏刘劭)等书,版本不一,有几种是《两京遗编》本。此丛书除字大悦目外,并无多少优长之处。好在我还有一些商务出版的，便于阅读的本子。读子书的要点：一是文字；二是道理。

此外，考订的书，我买得不少，是作为笔记小品读的。至于小说家的书，买的就更多了，书目所列，几乎全有。其中有一些好版本，因在别的文章中提到过，这里就不重复了。

释道书，也在子部。《宏明集》、《广宏明集》，都是辩论性的。我买的佛书有：《般若心经》，短小，读过，觉得好懂。《大乘起信论疏》、《大乘入楞伽经》、《维摩诘所说经》，无兴趣，未细读，都是佛经流通处刻本。《妙法莲花经》是常州一名寺的木刻大字本，似僧尼用过。念经时一些音义，不直接注在经上，而是用小白方纸块写好，贴在经文旁边，非常奇特。经虽不很污旧，但我不愿翻阅，一直放在那里。还有一部谢灵运参加翻译的《大般涅槃经》，读过一部分。《法苑珠林》，共三十二册，四部丛刊本，都是佛经故事，号称妇女的佛经。读过一些。对于佛经，我总是领略不到它的妙处，读不进去，证明我尘心太重。我以为佛教之盛行，并不在它的经义，而在于它的宗教形式的庄严。所谓形式，包括庙宇，雕塑，音乐和绘画等。

一九九〇年六月二十七日写讫

耕堂曰：周秦诸子，号称百家，不过形容当时学术之盛。书目著录，已不过三十家，且多有逸伪，盖多数已消亡矣。清末浙江官书局，印有所谓百子全书，余曾购置零种，其书版大而纸劣，墨色不匀，字大而扁，颇不悦目。甚不喜之，已送人矣。因未见全书，不能断言，想系连同后代子书，拼凑而成。闻近有重印者，亦未过问。

百家争鸣之说，亦后人渲染耳。儒家为诸子之首，其学术主要为政治与教育两项，孔孟首发之，为历代帝王所尊用。其他诸子，有争鸣者，亦有自鸣者；有得意者，有不得意者。然其著述，则皆哲理多于实用，理想强于现实，虽皆有为而作，皆难施于生活。文化日渐发达，生活需要增多，学者遂不得不改弦更张，趋向实用。汉魏以后，多议论经济之书，如《盐铁论》、《齐民要术》等。此等书不多见，宋代又以朱子理学为子书之要。稍实际者，则为见闻杂志，读书笔记，或就事论事，或吸取经验。其杰出者如《梦溪笔谈》、《容斋随笔》等书。生活用书，门类增多。这是子部著述的必然趋向。

张之洞在《书目答问》中，用极大篇幅，著录农、医、天文算术、艺术各家之书，就是适应当时政治、教育的需要。他作为儒门弟子，感到只是儒家那一套，已经不中用了。

我的藏书中,以上各家的书,也略有购置,曾已述及。唯天文算术一类,因一窍不通,一本也没有。

《四库全书总目提要》子部总叙曰:“自六经以外立说,皆子书也。”六经经儒家注释解说,实已成为樊篱。如上所言,子书实樊篱以外之说,笼外之鸣。总叙又说:“虽有丝麻,无弃管蒯”,“狂夫之言,圣人择焉。”表面上还是继承百家争鸣的传统的。这实是对修订四库全书这一政治行动的极大讽刺!这也说明:“凡能自鸣一家者,必有一节之足以自立。”有价值的学术、言论、著作,是可以不胫而走,流传万世,不会轻易被消灭的。

七月一日补记

我的集部书

汉魏六朝：

《蔡中郎集》，四部丛刊本

《曹操集》，中华书局近年印本

《曹子建集》，四部备要本

《嵇中散集》，四部丛刊本

《陆士衡集》，同上

《陆士龙集》，同上

《陶靖节集》，四部备要本

《鲍照集》，四部丛刊本

《谢宣城集》，丛书集成本

《昭明太子集》，四部丛刊本

《江文通集》，四部丛刊本

《何水部集》，四部备要本

《庾子山集》，湖北先正遗书本

《徐孝穆集》，四部丛刊本

此外还购有《汉魏六朝名家集》第一集，共四十人。因此，多有重本。《书目答问》所列，只差诸葛亮一集。该集旧本，曾于旧书店遇到过，一时犹豫，交臂失之，并非忽视也。近日友人送《前后出师表字帖》一本，翻到："亲贤臣，远小人，此先汉之所以兴隆；亲小人，远贤臣，此后汉之所以颓败"一节，掩卷唏嘘，几至流涕。汉魏文章之可贵，即在于此。身世与政治相关联，作家情感，密切国家民生，责任感很强。非同后来文人之只知哀叹自己也。另有《东汉文纪》一部，故宫印宛委别藏抄本。盖从后汉书辑录。两汉文章，多赖史书以存，班、范有功焉。

唐、五代：

《王子安集》，木刻本

《骆临海集》，中华书局近年印本

《幽忧子集》，四部丛刊本

《陈子昂集》，中华书局近年印本

《张曲江集》，广东丛书本

《李太白集》，四部丛刊本，另有商务国学基本丛书本

《杜工部集》，湖北先正遗书本。另有《杜诗镜铨》，四川

木刻本，及傅正谷所赠中华书局排印本。又有《杜工部草堂诗笺》，丛书集成本。

《颜鲁公集》，四部备要本

《刘随州集》，同上

《昆陵集》，四部丛刊本

《韩昌黎集》，涵芬楼排印本，两函

《柳河东集》，蟫隐庐影印本，国学基本丛书本

《刘宾客文集》，丛书集成本

《张籍诗集》，中华近年印本

《李长吉歌诗》，四部丛刊本，文瑞楼石印本

《沈下贤集》，观古堂汇刻书本

《李卫公会昌一品集》，丛书集成本

《元氏长庆集》，四部丛刊本

《白氏长庆集》，同上

《姚少监集》，四明丛书木刻本

《李义山诗文集》，石印两函

《温飞卿集》，四部备要本

《浣花集》，中华近年印本

《甲乙集》，四部丛刊本

《桂苑笔耕集》，四部丛刊本

《才调集》,同上

我藏唐集,与《书目答问》所列相校,互有出入,所差无几。

此外有四部丛刊缩印本:《玉川子诗集》、《司空表圣文集诗集》、《玉山樵人集》、《皮子文薮》、《甫里先生集》、《白莲集》、《禅月集》、《浣花集》、《广成集》。

又有《唐四家诗集》,包括:王辋川、孟襄阳、韦苏州、柳柳州。胡丹凤刻本。《宋本唐人合集》,包括高常侍、岑嘉州、王摩诘、孟浩然。医学书局影印本。商务据汲古阁本《唐四名家集》,包括:窦群、李贺、杜荀鹤、吴融。《五唐人诗集》,包括:孟浩然、孟郊、李绅、温庭筠、韩偓。《唐六名家集》,包括:常建、韦应物、王建、鲍溶、姚合、韩偓。商务书印刷精良,带有布套,书亦颇新。此外尚有《唐人选唐诗》及近年科学院文研所的《唐诗选》。总集有《全唐诗》、《唐文粹》。

其实,这些年,我很少读诗词。说不喜欢诗词,是假的,但比起青年时期,是差一些了。我愿意读一些与我当前思想感情吻合的,有真实记载的书,读一些能消愁解闷的,历史经验的书。按说在唐诗中,是可以找到一些篇什的。有时翻翻杜诗,也读不下去。买了那么多诗集,有很多是重复的,不是为了读,而是为了藏。有些是慕名(汲古阁),有些是好古(宋本),有些是贪图大而全(全唐)。

我的经验是:人在书籍极端缺乏时,才能精读、细读,才能受益。古人借书、抄书,终于有成,这是有道理的。农村有句俗话,儿多不如儿少,儿少不如儿好。可以移用于读书。儿少、儿好,反可以得济,书的道理相同。

对于唐文,还是读了一些,可谈些看法:

一、读唐文,还是先读一些有代表性的作品,如韩、柳、元、白的文章。元诗不如白,但文章可读。韩文虽以载道自居,而时见真感情,有时表现得很强烈、直率。这一点,与柳文不同。文章重比较,一比较就可以看出,他的弟子们,如李翱之辈,望尘莫及。

二、读选本,过去我也反对过。其实,人生时间,实在有限,只能读一些选本。选本读细,也就很不容易。《唐文粹》,编选得还是不错的。姚铉在序文中说:"文有江而学有海,识于人而际于天。"又说:"志其学者,必探其道;探其道者,必诣其极。然后,隐而晦之,则金浑玉璞,君子之道也。发而明之,则龙飞虎变,大人之文也。"我一直是当作座右铭的。新的选本,常常注解不明,校对不精,弄不好还要终生受害。

三、对代表作家,有可能,要读其全集。零碎文章,也不放过。这样才能真正了解一个作家,一个时代。

四、要读唐人传奇,这是唐文的一种极致。

宋:

《苏舜钦集》,中华书局近年印本

《司马温公文集》,丛书集成本

《欧阳文忠集》,商务国学基本丛书本

《元丰类稿》,四部丛刊本

《嘉祐集》,同上

《东坡七集》,四部备要本,另有施注苏诗,小木刻本

《栾城集》,四部丛刊缩印本

《临川集》,四部丛刊本

《山谷内外集》,小石印本

《淮海集》,四部丛刊缩印本

《诚斋集》,四部丛刊本

《渭南文集》、《剑南诗稿》,四部备要本

《叶适集》,中华近年印本

所藏与书目相校，相差已很多。北宋不到三分之一，南宋几乎无有,只存三人。

宋之苏氏父子，号称文学大家。然清代学者王夫之，于所著宋论,屡屡讥评之,以为所学为申、商之术,志在显

达。然存此心以为文，则有违艺术之道，如同水火之不相容。挟此术以从政，官亦很难做得好。多次失意，成就了苏轼的文学事业。东坡在海南期间，在田间曾遇一送饭的老妇人，她对东坡说："苏内翰，你做了一场春梦！"春梦指的就是官场沉浮。苏洵、苏辙，虽有文集遗世，然于文学，均无多大建树。秦、黄气魄，亦无多少惊人之处。

文章一事，时代气运，天人合一之说，不能不信，作家于天地(社会)接触不广，于义理(哲学)承受不深，则文章甚难做好。元明(元以异族统治，明以流氓政治)以后，文章已渐露浮浅，文人亦多轻薄。归有光明代大家，只有《项脊轩志》、《寒花葬志》少数篇章流传。至明末，乃不得不推侯方域、钱谦益为文首。诗词，文说，戏曲，尚可驰骋，深厚文章，则甚难寻觅矣。元、明、清文集，我收藏寥寥，不赘。

一九九〇年六月二十八日

耕堂曰：今人之文章、文集多矣，余择善而从。亦有三不读。

一、言不实者不读。例如昨天还在为了某种目的，极力在历史垃圾中，去搜求、探索、描述、研讨、渲染、暴露"民族弱点"的人，今天又大言不惭地声称：要"弘扬"民族文化了。这样人的文集、文章，不读。

二、常有理者不读。(常有理为赵树理小说里的人物。)这种人，“文革”时造反有理；动乱时，动乱有理；安定团结时，还是有理。常有理的人，最可怕，文章也最不可读，因其随时随地在变化也。

三、文学托姐们的文章，不可读。她们把不正确的，说成是正确的；把不对头的，说成是对头的；把没有个性的，说成是有个性的；把没有影响的，说成影响很大；把赔钱的，说成销路很广，或是已经脱销，或是已行销国外……这种人的文章，尤其不可读，最没有价值。

六月二十八日清晨附记

我的丛书零种

把几种书合起来印行，起个书名，叫做丛书。这种做法，据说宋代已经有了，明季渐渐多起来，至清朝而大盛。我们在顾修编的汇刻书目，傅云龙和罗振玉的续汇刻书目上见到的，大部分是丛书。其中书的部数多至数千种。

清代的学者，如钱竹汀、李莼客、张之洞辈，都提倡丛书，鼓吹丛书。张之洞甚至劝有钱有力的人刻丛书，以为既对古人有好处，又惠及今人，自己也可名留千古。这就是要求别人赞助。

清人刻书之风，嘉庆道光时已盛。同光之际，达到了高潮。这是有原因的：一、太平天国平定以后，政治暂时表现安定。朝廷为显示"中兴"，学者为粉饰太平，遂大做其学问。二、文禁已经松弛，很多"秘籍"，开始流传。三、西洋文化如潮水涌进来，一些保守之士，期以固有文化抵御之。

四、人们希望政治维新,在文化上作些促进。

有以上几种原因,丛书乃形成大观。但持续的时间不长,民国以后,因印刷技术进步,石印、铅印书大行。文化内容,以介绍新文化、新知识为主向,刻印古书之事,遂不多见。偶然有,也是一些遗老、遗少所为,已引不起读书界的普遍注意。

商务印书馆,一向以介绍新文化,与流通古书两手经营为己任。民国二十四年,在张元济的提议下,王云五又编纂丛书集成。“综计所选丛书百部,原约六千种,今去其重出者千数百种,实存约四千一百种。”(见王云五所作缘起)是为初编,以后也未有继续。所选丛书,起自宋,至清末为止。

大商家做大生意。为了这部书, 零零碎碎的丛书,遂不足道。

进城以后,我买了很多丛书集成的零本,已经谈过。其实,那时买一整套,带着书柜,也花不了几个钱。我有两个同行朋友,经常到一家餐馆吃饭,那里有几个书柜,里面放的是丛书集成。主人知道他们是作家,就问他们买书不买书。他们说:不想买书,看这几个书柜不错,倒有意想买。主人说,这是商务印书馆,特为这套丛书制造的书柜,是一套。后来经过几次商量,结果是主人把书从柜子里掏出来,卖给收破烂的,把书柜卖给了作家们。这真是典型的买椟还珠。说明我们那时刚刚打完游击,对大部头的书,是没有兴趣的。

那一时期,我也只是买一些零散的丛书,但我注意的是丛书的原刻本,我想借一斑窥全豹,约略知道一下这部丛书的版式字体、纸张和印刷。

在我现存的一些木刻本书中,有不少是丛书的零本。例如我有一本《冷斋夜话》是明季毛氏津逮秘书的原刻。一本《瓮牖闲评》,是清武英殿聚珍版丛书原本。一本《封氏闻见记》,是雅雨堂丛书的原本,版式、字体,古朴大方,是在冷摊上买的。《梁溪漫志》,是知不足斋丛书原刻,其纸张、格式,和翻刻本大不相同。知不足斋丛书,是乾隆年间鲍廷博校刊,出到三十集。鲍氏编辑态度非常严肃,每书前后有序跋,校对精审,印刷精良,原版已甚难得。各地翻刻者甚火,后又有石印本,我也买了不少。他选择书,很有眼光,都是有用之书。版本大小也适中,被称为清代丛书之翘楚。

功顺堂丛书原刻,我有《广阳杂记》,字型很大。海山仙馆丛书原刻,我有《酌中志》和《读书敏求记》,纸张很好,字体稍差。畿辅丛书，我有《典故纪闻》。民国以后的木刻丛书，如峭帆楼，我有《鸡窗丛话》。嘉业堂，我有《顾亭林年谱》等。刘承幹的书，刻得的真不错，无怪鲁迅先生闻讯后，千方百计地去买。

丛书最重校勘，最精者，莫如黄荛圃的《士礼居丛书》。我有天圣明道本《国语》和姚氏本《战国策》。惜非原本，且系油光纸印。然宋本风神，跃然纸上，黄氏风格，略无消减。只去真迹一等。

其实有很多丛书，编得很杂乱，且多有重复，有删节。出书也没有计划，编者、校者，都不是高手。这样的丛书，买全了，也没有多大用处。买零本书，可以选择有用的书，买回来看着也方便。所费无几，是一种乐趣，但也得遇到书籍散落街头的时候。现在，是没处去买这些书了。

“文革”以后，有一位和我熟识的书商，曾到我家中说：“现在，丛书集成的零本，有多少，我们买多少。”他知道我有这种书，大概也听到，我家里的人，在佟楼卖过这种书。他以为我手头上一定很紧，所以找上门来。我没有说什么，就把他打发走了。我虽潦倒，但还没有到衣食不继的地步。另外，我已经发现这个人，不是一个老实买卖人。年老无力与宵小，不管哪行哪业，不老实的人，我都会敬而远之。

我保存了一本丛书集成初编目录，除有全部细目外，还有所用百部丛书的提要，很有价值。

一九九〇年七月五日写讫。北京有客来

附　记：

余向无大志，心中无规模，做事无气魄。表现在购书上，也只是零敲碎打，抱残守缺。此次为文，检阅顾修汇刻书目，原书套已虫蛀残破，余买回时，用妻子包袱中的同色破布，给书套打上无数小补丁，呈鹑衣百结之状。今日面对，不只忆及亡人，且忆及一生颠沛，忧患无已，及进城初期，我家之生活状态。呜呼，逝者如斯夫！及至衰暮之季，稍有余裕，余又飘飘然以为自己能作诗；懵懵然以为自己会写字；残存些破书烂纸，有时又自诩为藏书家。此实余晚年不自量力，无自知之明，三件极可笑之事，宜深戒也！

六日补记，闷热，挥汗作

朋友的彩笔

老季，是我在土改期间结识的朋友。我把这些已经为数不多的朋友，称作进城以前的朋友，对他们有一种较深的感情。因为虽不能说都共过患难，但还是共过艰苦的。

我在饶阳县某村做土改工作时，常到村里的小学校去玩。老季，我不清楚，他那时在做什么，也好到学校去。他穿着军装，脾气憨厚，像个农民，好写东西，因此接近。

进城以后，他是作家，在几家出版社当过编辑，也经受过政治上的坎坷。

我对他的印象加深，是在“文革”以后。他不断写一些关于我的文章，在征求我的意见时，我总对他说：

“不要写成报告文学，更不要写成小说，不要添枝加叶,不要吹捧。”

老季都同意，态度是很诚实的。但他写出东西来,我一看，总是觉得路子不对头。第一次是他写到我写小说时,我的老伴,如何给我端茶水、送牛奶,如何在夜深时,在我身上加一件衣服。

那时,我们还都没有老,说话没顾忌,我说:“老季,这些情景,你都看见了吗?怎么有这么多的描写呢?那时,我同老伴,并不住在一处,她也没有这种习惯,虽然她对我很有感情。你这些描写,用到电影、戏剧的表演上去,是很合适的。用到我身上,我就觉得别扭,因为我实际上,没有享受过这种福分。”

老季只是笑笑完事,也不反驳。我以为我的劝告会奏效,其实不然。

他不断在报刊上写这类文字，甚至在题为写别人的文章里,也总是写到我。叫人看了以后,不知他到底在写谁。能够叫我心折的,实在不多。另外,大家都老了,我说话,也不能像过去那样直率了。最近一次,我是这样和他谈的:“老季,读了你写的关于我的文章,总有这样一种感觉:说它没有根据吧,根据还是有的;说它真实吧,里面又总有一些地方不那么真实。举个例子吧,比如你在日报写的文章,说我在长仕下乡的时候,与一匹马同住一个屋子,其实,是一匹驴。和马同住一个屋子,是在于村的时候。”

“有机会,我可以改正。”老季说。

我说:“这不是什么大问题,改不改没有关系,我是告诉你当时真实的情况。”

过了不久,我又在晚报上看到他写的一篇,还是日报上那个内容,故事里讲的还是马,结尾处,马却变作驴。

我叹息一声:这就是老季改过的文章了,还不如不改。这一改,真成了驴唇不对马嘴。

我有些后悔,和他谈这些琐事了。

还有,就是他在每篇文章里,都提到我在喝粥,在纵情大笑,并推演到医学上去,说这是我的养生之道。他把稿子投给老年人的刊物。

我能活到现在,难道是因为喝粥?是因为乐观?是因为会养生?这真是天知道了。

老季的一片热心,我是领会的。唯有他这种创作方法,我很不同意。他好像也不认真、仔细地去读我的自述。自己的材料写完了,就用别人谈的材料,道听途说。

就在上面提到的那篇文章里,他还写道:在长仕,我见朋友问尼姑的年纪,就大笑起来。并告诫朋友,尼姑是最忌讳别人问她的年岁的，等等。先不用说，这种作风，非敝人所有，就是这点知识，也是看了他这篇文章才有的，过去并无所知。

前几天，他陪另一位朋友来看我。那天，我想到自己来日无多，这两位朋友，虽也是因时而交，来往至今，实属不易，动了感情。我说的话很多。其中也说到老季写的这种文章，大大小小，重复的，不重复的，都能发出去，不简单。

那位朋友说："老季人缘好。再说，别人也写不出来呀！"

芸斋曰：庸材劣质，忧患余生。蒙新旧友人不弃，每每以如椽之笔，对单薄之躯，施加重彩，以冀流传。稍知人情，理应感奋。然此交友之道也。如论艺术，当更有议。

艺术所重，为真实。真实所存，在细节。无细节之真实，即无整体之真实。今有人，常常忽视细节真实，而侈论"大体真实"，此空谈也，伪说也。

每一时代，有其风尚，人物言论随之。魏晋风度，存于《世说新语》。以后之作，多为模仿，失其精神，强作可人。此无他，非其时代，而强求其人，不可得也。

今春无事，曾作《读〈史记〉记》长文一篇，反复议论此旨，惜季君未曾读，或读之而未得其意也。

我想得到的，只是一幅朴素的，真实的，恰如其分的炭笔素描。

一九九〇年八月二十三日记

庚午文学杂记(一)

作家与新潮

意识形态,是指的整个社会的意识形态。并不是哪一个人的意识形态。社会意识好了,作家的意识自然跟着好,或者更好。社会意识坏了,就很难要求作家,每一个都是卓异之士,不流凡俗。这是很困难的,很难做到的。就像一个青年作家过去对我说的:“你自己没有做到的,怎么能要求我做到?”我们也不是圣贤呀!

我一向认为:考察一个作家,主要是从他的作品来考察。考察一个作家的作品,应该放在当前社会生活中来考察。当前的商品经济,或者说是市场经济,引发产生的个人第一,急功好利的意识,以及灯红酒绿,莺歌燕舞的新潮生活,不能不反映在他们的作品中,也不能不反映在他们的生活方式上。过去,穆时英在上海,就是以专写舞场舞女而出名的。红极一时。

你看得惯也好,看不惯也好,这是现实。现实必然进入文学作品。林琴南看不惯,人家说他是复古派。缪荃荪看不惯,他在一本书的序言里骂道:“士皆原伯鲁之子,女效欧罗巴之装。”人家说他是遗老遗少。他们并没有挡住新潮。新潮,不仅挡不住,在历尽沧桑将近百年之后,又重新大盛于中土。现在已经不只是效装了,而是效一切,甚至说话的腔调,眉眼的动作。

青年作家也是华人,在写作和生活上,模拟一下欧美新风,有什么可以大惊小怪的呢?

社会经济结构的变动,各种行业的重新组合,人的素质,也发生了很大变化。在这种情况下,单独要求作家素质的提高,也是不公平的。作家素质的下降,必然导致作品素质的下降。这样,要求出现多少内容高尚的作品,也是不可能的。

作家与文化

现在,无论你住在什么地方,走到什么地方,看到的是做交易，听到的是买卖吆喝声。以及与此有关的人情世态。

社会环境的变化，必然引起文化环境的变化。文化环境对作家的形成，尤关重要。

三十年代，作家的文化环境，是学校用功，图书馆苦读，公寓和流浪生活，贫穷和追求革命。这种例证，可以在《新文学史料》上读到，田涛写的一篇回忆，比较典型。

现在，大学中文系的师资情况，学生生活和读书的情况，和过去大不相同。图书馆的状况，也有变化。尤其是报刊、出版部门，对作家和作品质量的影响，是应该认真研究的。

文化修养，是成为作家的基础。没有很好的文化环境，不认真读点书，是不能成为真正的作家的。

过去，我们曾提倡过工人作家，农民作家，士兵作家。现在看来，有些是昙花一现，热闹一时，难以后继。这还是以阶级衡量一切，代替一切，以为出身好，什么也就可以好的观点造成的。当然农民、工人、士兵都可以写出好的文学作品，但如果要保持下去，要进步，就必须继续打好基础，多读些书，提高自己的文化。

我见过一些农民出身的作家，因为读书少，文化低，而又成名早，背上了一个作家的包袱，妨碍了他们的进步，在创作上，有很大的局限性。

作家成名太早也不好。历史上就屡有明证。所谓神童，所谓天才，都和所谓特异功能一样，靠不住。文学和音乐美术不同。我一向不去吹捧孩子们的写作，那对他们并没有好处。有些家长，过于热衷于此，我觉得可以三思。

大器晚成这句话，是有道理的。但文学创作，又不完全是这么回事。如果少年、青年时期，没有在这方面作过努力，等到中年、老年，再拿起笔来，也是很难有成就的。创作，是需要青春的火力的。是需要持续进行的。成绩和才能，是与日俱增的。

文学创作，生活的积累，和技艺的提高，需要同步进行。这种配合，当然每个人不完全相同，但其规律，大体是一致的。

读书，也是少年、青年时，效果最好，能够终身享用。有些人，因为成名早，忙着去写作，等到觉悟到，自己的文化不够用，已经进入中年，再去补课，收益就小了。但觉悟到这一点，总比一直不觉悟，把作品不受欢迎的原因，完全推到外界的人，好一些。

作家与道德

文章穷而后工。作家不能贪图大富大贵。鲁迅引用外国人的话说:创作如果要丰收,最好的办法,是使作家多受苦。生活太幸福,就没有花儿开放,也没有鸟儿歌唱了。

达官,贵人,富商,大贾,都不会成为作家。但如果他们失败了,还是可以写出好作品的。

过去和现在,都有人说,创作是不满足的补偿,是不幸的发泄,是忧患之歌,希望之歌。历来文章,多愁怨悲苦之辞。创作本身,对作家来说,是一种追求,一种解脱,一种梦幻。

但是,个人的愤世嫉俗,是一种狭隘的感情。孟子曰:“伯夷隘”。隘就是狭隘。对历史上的卓异之士,作如此严格的批评,孟子自有其宏观的理解。

人生与文学, 有时是祸福相倚的。人在写作之时,不要只想到自己,也应该想到别人,想到大多数人,想到时代。因为,个人的幸与不幸,总和时代有关。同时,也和多数人的处境有关。

多想到时代，多想到旁人，可以使作家的眼界和心界放得宽广。

最近，有个中年作家，在给我的信中说："尔今文坛，除了执著于'为人生的艺术'者外，文学掮客、文倒、文氓、混混儿、新贵……杂陈着各种角色。"

这是商品经济迅速发展，带来的文坛结构新变化。过去，在政治的严格要求下，作家这一行业，还是比较单纯的，也可以说是比较封闭的，"死"的。现在一切都活了，就必然像其他生活领域一样，什么乌七八糟的东西，都出来了。

这些角色的出现，文坛表面是活跃起来了。但对于文学事业(现在很少有人这样提了)是否有利，则很难说。就是在旧社会，这些人物，也是吃不开的，会受到谴责，为真正的文学工作者所不齿的。

三十年代，上海文场有个曾今可，此人家中有些钱，是个少爷，也会写些文章，并没有做过什么了不起的坏事。就是因为没有什么真本事，写作又不大严肃，在文坛上就站不住脚，知难而退。今天看来，还算是正经的念书人。"尔今"的角色们，是很难与他相比了。

在旧社会，各行各业，还都有个"行规"，行业道德。多么恶劣的人，在行为上，也要有些顾忌。目前是在混乱中，没有标准是非。或者说，还没有形成“新”的标准是非。

商品经济，使文化领域，变成了市场。这就是说，市场上有什么，文化界也就有什么。以上那位来信者，所列举的文学界诸多角色，目前已经在各个大城市，甚至乡村城镇，屡见不鲜。

作家与经济

如果说，前一阶段，文艺界的“不正之风”，还不过是受“四人帮”的影响，有些本来就是小喽啰的人，在那里呼朋引类，投靠一个，拉来几个，把持一个团体，或是一家刊物。其表现形式，也不过是封建把头和小兄弟的规模，是政治性质的，而非经济性质的。

现在则有了突破性的变化。一些不逞之徒，从捞政治油水，一变而为追求经济实惠。这一改变，还真是大有可为，不到几年，使这些人面貌一新。掌握一个文艺团体，或是一家文学期刊，就是掌握了一个小金柜。小弟兄们干活儿，都两只眼睛盯着它。“繁荣创作”，是为了增加小金柜的“投入”。写作为的是金钱，编辑为的是金钱，出版也为的是金钱。文艺工作的关系，一下变成了金钱的关系。变成了交易所，变成了市场。

市场经济，越搞越活。新的角色，应运而生。过去的把头，变成了掌柜，小弟兄，变成了伙计。其收入，其气派，其手段，还真有可观。男女大亨们，都已经是满身珠光宝气了。

有些白发苍苍，手拿拐杖，或叫人搀扶的老文艺战士，还在那里开会，写文章，梦想使“作家”们，回归到四十年代或五十年代，那种规规矩矩，青衣小帽，舍己奉公，忘我工作的样子，看来是很难了。

希　望

当然，什么事情，也不能过于悲观。我们的文学事业，也是无数先烈，长期奋斗，甚至流血牺牲，创造出来的。它有坚固的，悠久的，为人生而创作的传统。它还是生机勃勃，充满希望的。有着优秀文化传统的人民，还是需要真正的文学，高尚的文学的。而多数严肃的、正直的作家，还是执著于为人生进步、幸福的艺术,孜孜不倦地工作着。

广大的,有见识的读者,他们的爱憎,他们的取舍,最终可以决定文学创作的趋向。他们的书架上,总是希望陈列着有人生价值, 也有艺术价值的书籍。他们要读的,终归还是那些能带引他们进入文明和道德的精神境界的作品。

那些唯利是图,唯洋人的马首是瞻的人,他们所写的,所提倡的,那些最终要把我们的人民,引向没落、消沉、荒淫和失去自信的文字,终归要受到历史的谴责。

一九九〇年十月二十七日改讫

庚午文学杂记(二)

大 奖

很久不看小说了,究竟是什么原因,也说不清楚。反正国外大奖或国内大奖的获奖小说,也引不起兴趣。国外大奖,例如诺贝尔,在青年时,就没有注意过。那时的导师们,谁也没有叫青年人,去读获奖者的小说。相反,例如赛珍珠的小说,在当时国内,是得不到佳评的。我们相信鲁迅的话,他认为那个大奖并非公平,是以他们的好恶为标准的。最大的好恶标准是什么?当然是政治。

现在青年人这样崇拜这个奖,我看是被那个诱人的名利震惊了。但如果以通读得奖作品大全,作为登上宝座的阶梯,这就像科举时代,以制义大全为圭臬一样,会在考场失意的。

至于国内大奖,也不一定就那么公平,也不一定就没有当时的好恶。我说当时,是因为每届和每届,好恶并不一定相同,是时常随政治发生变化的。

评定文学作品,最可靠的方法,一是看它的普遍性,二是看它的永久性。得奖与否,并非重要。

评　论

我不愿看小说的另一个原因,恐怕和我不愿再写文学评论有关。我已经有很长时间,不谈论当前的小说创作了。

一个人和一个国家一样,总在不断地总结经验教训。最初,因为接受了一次教训,我发表了一次声明,不再给别人的书写序。后来,有一位朋友对我说:“你那个声明,发表得太及时了,不然这几年再给人家写序,就更难应付了。”

不写序了,有时碍于情面,我还写一点读后感。不久,就又感到这也并非易事。人家叫我写书评,是为了帮他推销书。如果我在文章中略有违迕,其使作者不快,与写序同。好,不写了。但朋友还是很热情,把书稿寄来征求意见。写封信吧,不久又发见,写信如果说实话,照样可以得罪朋友。

有一位老朋友,写了一部长篇小说,把打印稿寄来,信写得很热情。我放下自己的活计,昼夜赶读,然后写信,一一列出我的看法。其中主要是谈缺点。现在能记得的有两条:一条是说,小说每节结尾,形式类似,应有变化。一条是说,书中引用当地民间传说,有的没意思,有的应充实完整。信去无音讯。后来一个文学刊物要讨论这部小说,主编征求我的意见,我说已写信给作者。主编去找作者,作者说,那封信,已经找不到了,内容也不记得了。

后来,这部小说得了大奖。作者寄我一部,我也没有再看,不知道我那意见,到底被采纳了没有。从此,再有准备参赛的作品叫我看,或叫我在赛前写评论,我都婉谢了。

给中年作家提意见,就更应该慎重。不要看当面恭维你。如果你实话实说,效果就会糟糕得很。因为他在文坛上,已经取得了一定的地位。

基于以上种种经验,现在,我已经很少正面给人家的作品提意见了。不得已,也只是写封短信:大作收到了,正在拜读,如有什么意见,定当及时奉告。实际上,是从此就没有下文。这是为了,既不冒犯朋友,也不违反天良。

新　星

鼓励鼓励青年人,不会有错吧。也有经验。如果这个青年人还在窝里,你说什么也没关系,你只要在文章中提提他的名字,他也会很感激。就怕出飞儿,一遨游天空,鹏举万里,就会和你断了线。好在这并非恋爱,断就断了吧。问题是还有别的牵连。

当这个年轻人还没有出名的时候,他周围的人们,对他并没有表现出多大的关心。当他一旦升到天空,才把他周围的人们的眼睛照亮。于是锣鼓喧天,鞭炮齐鸣,庆贺这位造福一方的天才出现。请注意,在这个时刻,无论星球或地下的人们,谁也不会想到区区。这当然也没有什么关系。但当星球的运行,一旦出现一些偏差,或光彩在人们眼中,稍显暗淡的时候。他那周围的人们,就会嫁祸于人,说:

“这都是某某人惯的他(她)!”

冤枉啊,冤枉!

众所周知，我只是在他(她)没有出名的时候，读过他一些作品，说了一些鼓励的话。他成名以后，就断了线，轰动得奖之作，都没有读过。其中有什么倾向，有什么问题，与我丝毫无干。即使有什么错误，你们应该写文章批评，或去问那些对以上作品，作过吹捧的人。这些人就在你们附近。我这里挨不上边。

不毖后而惩前，既舍近又求远，我为诸公不取。

流　派

确实，我在文章里写过："我是一个低栏，我高兴地看到，你从我这里跳过去了。"也说过："我也写过女孩子们，我哪里有你写得好！"这些话。但是小满儿说过：话有百说百解。我虽然出自衷心的喜悦。但别人看了，并不一定就受感染，也随之感到喜悦。因为低栏，也是一种障碍，总不如飞机跑道那样平滑，任人驰骋。再说，人家要跳的，不是低栏，而是高栏！已经和你分道扬镳了。

你写的女孩子，是什么年代？什么意识？人家写的女孩子，又是什么年代？什么意识？你是什么创作方法，人家又是什么创作方法；早已经把你“发展”了。这样一来，我的好意，或者说我的吹捧，在不少人那里，引起的就不是快感，而是反感了。

其实，所谓流派，所谓发展，都是理论家的话语。理论家总是一阵子高兴说这个，又一阵子高兴说那个的。我们无妨查阅一下，近几十年的报刊杂志，你就会发见：在同一个文艺问题上，甚至在同一个理论家的笔下，翻过多少次跟斗了，文坛上的杂技现象，古今中外，并不少见。

说来说去，他们究竟说出了多少新鲜道理？对创作起到了什么积极作用？他们不断发表意见，不过是为了继续保持他们那理论家的地位，也就是一种“领导”地位。

方法不同了，何必又谈流派？已经分道了，何必又拉在一起？思想、志趣已经不同，流派即已各异，分开说不更为直截了当吗？但有时，还必须把区区拉上，作为陪衬。

其实，我对一些青年作家的关系，不过是沿袭中国文坛的习惯，或者说是常规。并没有什么新的内容。编刊物时，发表了他们几篇稿子；待他们出书时，应约给他们写过一篇序言。再多，有人带他们到家里来，随便谈了谈。都很简单。既谈不上恩，也谈不上怨。

应该补充的是，当他们随着走红，也蒙受一些流言蜚语的时候,那些最初带引他们来舍下的人,也背地或当面责备我。我极不愿意听这些话,我最不喜欢在我面前,议论别人家的私事。我也从不示弱,我说:“就是有这些事,我看也不算什么。在当前的社会生活里,他(她)的所作所为,并不过分。”这真可以说是“惯”了。

一九九〇年十月

耕堂读书记

读《旧唐书》记

一、《旧唐书》

《旧唐书》，中华书局四部备要本，共三十二册，价七元八角八分，削价出售之书也。记得此书，六十年代初，购于天祥二楼，抱书出商场后门，路有煤屑，滑倒，幸未跌伤，兴致仍不减。

此书，前有明人杨循吉、文征明、闻人铨三序，皆述重刊之由，旧书之佳。末有清人沈德潜一跋，对于此书校刊经过及其源流特点，叙述简明扼要，抄录如下：

旧唐书成于后晋时宰相刘昫。因吴兢、韦述、柳芳、令狐峘、崔龟从诸人所记载而增损之。宋仁宗朝，奉诏成新唐书，而旧书遂废矣。后司马光作资治通鉴，转多援据旧书，以新书中所载诏令奏议之类，皆宋祁刊削，尽失本真，而旧书独存原文也。二书之成，互有短长。新书语多僻涩，而义存笔削，具有裁断。旧书辞近繁芜，而首尾该赡，叙次详明，故应并行于世。

耕堂曰：沈德潜的这段话，是很有见解的，所论甚是。中国传统，异代编史，也是有道理的。时近，固然容易翔实，然遇有忌讳之处，则反不如过一个时期，容易下笔。但也不能时间过长，要适时为之。有些历史现象，时间太长，后代人就难以想象，只能靠传说，仿佛其梗概。例如文化大革命，虽只历时十几年，青年人就难以印证。有时，甚至说也说不清楚。所以，每一种史书之成就，多是既有当时官方记录，又有同时代私人的多种记载，再经大手笔，总汇成书，垂诸后世。

在文字上，也没有成法。“义存笔削，具有裁断”，固然不错。如果弄得过头，就会失去多数的读者。我觉得，如能多存史实，文字即使繁芜一些，对于后人来说，还是有好处。人们读的是历史，要求多知道一些事情，记事详尽，文字又美，当然好。只求简练，减去内容，就不能叫做好史书了。

所以，笔削之说，常常是靠不住的。很多生动材料，存在于原始记录之中，后人笔削之时，常将一些灵魂性的材料，以各种理由删去，就造成不可弥补的损失。

我就爱读“繁芜”的史书。

史书一事，甚难言矣。司马迁一家之言。起自荒古，迄于汉武。其所据，有传说，有载记，有创意。要之，汉以前为笔削前人记载，定其真伪；汉以后，则为他家世职业所在。然人际关系，语言神态，全部实录乎？拟有所推演乎？后人不得而知。历史无对证，正如死人无对证一样，唯其无考，人皆信之，无二言也。此太史公著述质量所致，非其他人所能勉强。太史公著述，以客观取实为主，而贯以主观感情之激越。遂使古今之情一致，天人之理合一。史实之中，寓有哲理，琐碎之事，直通大局。后之史书，求其真实，已属不易，文史之美，无能与比者矣。

二、魏征

魏征传，在《旧唐书》卷七十一。传颇长，独占一卷，是名臣良将才能有的。

传称：魏征字玄成，巨鹿曲城人也。……少孤贫，落拓有大志，不事生业，出家为道士。好读书，多所通涉，见天下渐乱，尤属意纵横之说。

魏征文章做得很好。先为元宝藏典书记，李密很欣赏他的作品。传中引了他为李唐安辑山东时，写给徐世勣的信，内有：

> 自隋末乱离，群雄竞逐，跨州连郡，不可胜数。魏公(指李密)起自叛徒，奋臂大呼，四方响应，万里风驰，云合雾聚，众数十万。威之所被，将半天下。破世充于洛口，摧化及于黎山。方欲西蹈咸阳，北凌玄阙，扬旌瀚海，饮马渭川。翻以百胜之威，败于奔亡之虏。因知神器之重，自有所归，不可以力争。……

等语。可略见其措词说理之工。但魏征所学为纵横之术，也就是帝王之学，其目的是辅佐王朝，展其抱负。这就是秦李斯，汉张良，三国诸葛亮所追求和实践的那种学问。他读书，并不是为了当作家或学者。《四部丛刊》中，有一部《群书治要》，就是他广泛读书的摘要。流传至今，学术价值很大。

治国安邦，魏征用的是儒术。

传载：征性非习法，但存大体，以情处断。我们不能把他列入法家。

当个法家，其实也并不容易。文词，口才，胆识，学问，缺一不可。“四人帮”以法家自居，看看他们的文章、学问，实在没有一人够格。他们以为法家就是打棍子，造冤案，是把中国的法家贬低成酷吏了。

魏征善于争谏，为历代所称赞。魏征在事唐太宗之前，曾事李密、窦建德、建成，这些人都是唐太宗的敌人。唐太宗曾说：“朕拔卿于仇虏之中，任公以枢要之职。”就是指此。君臣相得，善始善终，是很不容易的。我们也可以想象，魏征当时处境也有很难之处。传中有一段他和太宗的对话，可以看出魏征在争谏时的审慎态度。

> 太宗曰：然征每谏我不从，发言辄即不应，何也？对曰：臣以事有不可，所以陈论。若不从辄应，便恐此事即行。帝曰：但当时且应更别陈论，岂不得耶？征曰：昔舜诫群臣，尔无面从，退有后言。若臣面从陛下，方始谏此，即退有后言。岂是稷契事尧舜之意耶？帝大笑曰，人言魏征举动疏慢，我但觉妩媚，适为此耳。征拜谢曰：陛下导之使臣言，臣所以敢谏，若陛下

不受臣谏，岂敢数犯龙鳞。

以上，可以看出，魏征之进谏，唐太宗之纳谏，是有一定的时机的。太宗初年，励精图治，正需要有一个魏征这样的人。这就是宋代人所说的：赶上了好时候。但魏征说话，也是要看势头的。

至于传说：太宗玩鹞子，魏征至，遂藏于怀中。魏征奏事，故意延长时间，鹞子终于闷死。恐怕不一定是事实。

魏征晚年，屡次称疾请逊位，这也是留侯故智，自求保全。其最后所上四疏中，有言：

昔贞观之始，闻善若惊，暨五六年间，犹悦以从谏。自兹厥后，渐恶直言。虽或勉强，时有所容，非复曩时之豁如也。

帝王的心态，如此变化，大臣进谏，也就难以从容了。历史如此，圣贤无术。

魏征一生还不错。死后，不久：

……太宗始疑征阿党。又自录前后谏诤言辞，以示史官起居郎褚遂良，太宗知之，愈不悦。先许以衡山公主，降其长子叔玉，于是手诏停婚。顾其家渐衰矣！

传的最后，“赞曰：智者不谏，谏或不智。智者尽言，国家之利。”是对负有言责者的鼓舞之词。然自古迄今，机缘难得。上下之间，情投之日少，猜忌之时多耳。

魏征引用文子的话：同言而信，信在言前；同令而行，诚在令外。我曾抄写在台历上。

三、郭子仪

过去读《资治通鉴》，关于郭子仪，有三件事，牢牢记在心中。其一为郭子仪平日见客，姬妾环侍，从不避讳。“及闻杞(卢杞)至，悉令屏去，独隐几以待之。杞去，家人问其故。仪曰：杞形陋而心险，左右见之必笑。若此人得权，即吾族无类矣。”其二是：“盗发子仪父墓，捕盗未获，人以鱼朝恩素恶子仪，疑其使之。子仪心知其故。及自泾阳将入，议者虑其构变，公卿忧之。及子仪入见，帝言之。子仪号泣奏曰：臣久主兵，不能禁暴，军士残人之墓亦多矣。此臣不忠不孝，上获天谴，非人患也。朝廷乃安。”其三是：“麾下老将，若李怀光辈数十人，皆王侯重贵。子仪颐指进退、如仆隶焉。”

郭子仪的功业大得很，我不知为什么单单记住了这样三件小事。其他谋略争战，都忘记无遗。今读《旧唐书·郭子仪传》(卷一百二十)，二、三两事，都在其中。第一事，也于卢杞传(卷一百三十五)中检出。文字或与通鉴略有出入，内容毫无加减，可以证明前文所记，司马光是如何重视《旧唐书》中的材料了。司马光是很有眼光，有见解的。他像司马迁一样，知道要把一个历史人物写活，缺少这种具体事件，即细节，是做不到的。这种具体事件，联系着当时的社会、政治。联系着所写人物的生活、思想、性格、心理，以及他周围的人事。写这样一位大人物，如果像写帝王本纪一样，逐年记下他的攻城略地，斩获俘虏，成为一本功业账簿，那就太没意思了。

别人或者以为前面所记三件事为小事。而司马光却把它作为大事来记载。这样，我们才能见到一个真实的，活动的，有思想有感情的郭子仪。他不只是一位名将，还是一个普通的人。他也要处处小心，防备他人。他也得深思熟虑，把自己的切身问题处理好。因为这些小问题，都和他那政治上的大功业、大问题有关。

我没有做过官，更没有军旅生活的经验。不知为什么，也满有兴趣地，记住了那第三件事。想来是觉得郭子仪能得部下如此，是使人羡慕和“当如是也”的吧？另外想到，如果不是这样，郭子仪的晚年，也就不会有安全感了。

传中引述史臣裴垍的评论：

> 权倾天下，而朝不忌；功盖一代，而主不疑；侈穷人欲，而君子不之罪。富贵寿考，繁衍安泰，哀荣终始，人道之盛，此无缺焉！

身为名将，能有这样的下场，确是少见的了。

四、卢杞

因为上文提到了卢杞，我又读了他的传。传在卷一百三十五。

卢杞字子良，他的祖父怀慎，做官的名声很好，他的父亲奕，天宝末死于安禄山之乱，所以，他还可以称为烈士的儿子。他是以门荫做官的，官升得很顺利，很快就做到了门下侍郎同中书门下平章事，也就是宰相。

传记先对他的外形及行径，作了丑化：

杞，貌陋而色如蓝，人皆鬼视之。不耻恶衣粝食，人以为能嗣怀慎之清节，亦未识其心。

耕堂按：蓝，是一种植物，可以制成颜料，叫做靛。卢杞的面色如此，可能是一种皮肤病。至于恶衣粝食，则系生活小节，平民如此，值得同情；如果做了官，还是这样，则容易被人指为造作虚伪。宋代的王安石，也曾因此，遭到一些上层人士的嘲讽。

对于他的政治作风，传记开门见山，淋漓尽致地说：

既居相位，忌能妒贤，迎吠阴害，小不附者，必致之于死。将起势立威，以久其权。杨炎以杞陋貌无识，同处台司，心甚不悦，为杞所谮，逐于崖州。德宗幸奉天，崔宁流涕论时事，杞闻恶之，谮于德宗，言宁与朱泚盟誓，故至迟回，宁遂见杀。恶颜真卿之直言，令奉使李希烈，竟殁于贼。初，京兆尹严郢与杨炎有隙，杞乃擢郢为御史大夫以倾炎；炎既贬死，心又恶郢，图欲去之。宰相张镒，忠正有才，上所委信，杞颇恶之……

耕堂按:我们读唐宋历史,常常见到,很多大官,特别是宰相一级的官,失势后,被放逐到崖州。古时,这可以说是最边远、最苦的地方了。很多人死在贬所,杨炎也是。读史还看到:甲派得势,把乙派首脑放逐到崖州去了。等乙派得势,照样又把甲派的首脑,放逐到那里去,报仇泄愤。崖州,在古时,是个不祥之地,做官的,平时都不愿提到这个地名,也不愿看到这幅地图。心理压力很大,那里的天空,一定充满冤抑之气的。

史书称卢杞这种做法为"阴祸贼物"。在卢杞当权之日,"天下无不扼腕,然无敢言者。"失势后的情况,就大不一样了。卢杞因为得罪了大军阀李怀光(这人物,我们上文提到过)闯下祸来:"物议喧腾,归咎于杞,乃贬为新州司马……遇赦移吉州长史。"皇帝想给他落实一个刺史,遇到了很大阻力:

> 给事中袁高宿直,当草杞制,遂执以谒宰相卢翰刘从一曰:杞作相三年,矫诬阴贼,排斥忠良。朋附者,咳唾立至青云;睚眦者,顾盼已挤沟壑。傲很背德,反乱天常,播越銮舆,疮痍天下,皆杞之为也。幸

免诛戮，唯示贬黜，寻以稍迁近地，更授大郡，恐失天下望。

谏官们也都出来讲话，无限上纲，什么词儿都用上了。什么“外矫检简，内藏奸邪”呀，什么“公私巨蠹，中外弃物”呀。结果，皇帝只能给卢杞改授个澧州别驾，卢杞就死在那里了。

耕堂按：草制，就是学士们替皇帝立言。任命要草制，贬官也要草制。执笔多系名流，文集多载之。唐宋两代，好像特别注意这个玩艺，三言两语，骈体。措词极端华丽，俏皮。尤其是对贬官，极尽挖苦之能事。不只人身攻击，而且殃及三代，甚至暴露阴私，涉及床闱。是文人墨客的逞能报复机会。唐朝张鷟，有一本书叫《龙筋凤髓判》，文体虽稍有不同，实际是这类文字的共同范本。

耕堂曰：细观卢杞所为，不外当权者排斥异己，并未出争权固宠之常格。且所用手段，也只是“谮毁”，如皇帝英明，不致为大害。至于传中所记，度支乖张，赋敛繁重，官吏扰民，是处国家兵荒马乱之时，不可过多责备宰相。大概，太平时宰相好当些，政局动荡，而宰相无兵柄，则不易为。卢杞处大局危急、朝廷不能做主之秋，自身又伤人过多,一旦失势,群情必力阻其复位,丑诋之词,乃成千古定论。李勉所谓:“卢杞奸邪,天下人皆知,唯陛下不知,此所以为奸邪也!”也就成为名言了。卢杞的儿子元辅,“自祖至曾,以名节著于史册。简洁贞方,绰继门风,历践清贯,人亦不以父之丑行为累,人士归美。”可见唐代看人,也是区别对待的。

五、王叔文

因为就在同一卷书里,我接着又读了王叔文的传记。王叔文这个名字,是我过去读柳宗元的文集时知道的。

王叔文并没有祖荫,在政府也没有后台。他是以偶然的机会上到这个舞台,充当了短时间的重要角色,得到悲剧下场的。

传记说他“以棋待诏,粗知书,好言理道,德宗令直东宫。”在一次讨论中,他说出了与众不同的道理:即当太子时,不要干预外面的事,得到太子的信任。“由是重之,宫中之事,倚之裁决。”

棋艺是小技,说这番话也是老生常谈,但得到太子的青睐,可不是一件小事。“每对太子言,则曰:某可为相,某可为将,幸异日用之。”这种话,不只违背了他规劝太子的初心，个人的野心，也大大膨胀起来了。太子并没有觉察到这一点，可能正中了他的下怀。

从此，王叔文“密结当代知名之士，而欲侥幸速进者。”与韦执谊等十数人，“定为死交”，就是今天说的哥们义气。

这些死交，史传只提到九个人的名字，柳宗元排在倒数第二。分工时，他也不过是“唱和”和“采听外事”，并不是重要人物。

王叔文的当权，带有偶然性和传奇的色彩。史称：

> 德宗崩，已宣遗诏，时上寝疾久，不复关庶政，深居施帘帷，阉官李忠言、美人牛昭容侍左右，百官上议，自帷中可其奏。王伾常谕上属意叔文，宫中诸黄门稍稍知之。其日，召自右银台门，居于翰林，为学士。叔文与吏部郎中韦执谊相善，请用为宰相。叔文因王伾，伾因李忠言，忠言因牛昭容，转相结构，事下翰林，叔文定可否。

他这个权的来源和基础，就以我们毫无做官经验的人来看，也太玄乎了。他的死友们，官迷心窍，却不承认这点,还在外面,同声唱和:“曰管,曰葛,曰伊,曰周。凡其党倜然自得,谓天下无人。”

果然不久,“内官俱文珍恶其弄权, 乃削去学士之职。制出,叔文大骇。”

本来,王叔文不一定是做大官的材料,他驾驭不了那么复杂的政局,应付不了多方面的牵扯关联。在宫中动动笔还容易,后来又兼上度支盐铁副使,这是要见效率的官,就有点无能为力了。因此:

> 智愚同曰:城狐山鬼,必夜号窟居以祸福人,亦神而畏之;一旦昼出路驰,无能必矣。

周围的人,显然都在看他的笑话了。

王叔文是一个书生,好感情用事。他母亲死前之一日,他宴请学士和内官,发了很多牢骚,说了很多不应该说的近似市井语言的话。

不久,因顺宗久病,皇太子监国,政局大变,王叔文“贬为渝州司户,明年诛之。”

耕堂曰:史称王叔文任气自许,观其行事,亦无大过,实不同于“阴贼”一型。罹此惨局,亦可伤矣。他的过错,顶多只能说是"揽权急进",然于仕途,此亦常规。要之,不自量力所致耳。谚云:政局如棋局,王叔文虽善于弈,其于政治,则经验甚不足矣。但因此失败,而使柳宗元"涉履蛮瘴,崎岖堙厄",文章大进,成为中国文学史上一大奇葩,亦不幸中之幸欤?

六、初唐四杰

《旧唐书》卷一百九十,是文苑传。前有序论,首谓:

> 臣观前代秉笔论文者多矣。莫不宪章谟、诰,祖述诗、骚,远宗毛、郑之训论,近鄙班、扬之述作。谓"采采芣苡",独高比兴之源;"湛湛江枫",长擅咏歌之体。殊不知世代有文质,风俗有淳醨,学识有浅深,才性有工拙。昔仲尼演三代之易,删诸国之诗,非求胜于昔贤,要取名于今代。实以淳朴之时伤质,民俗之语不经,故饰以文言,考之弦诵。然后致远不泥,永代作程,即知是古非今,未为通论。

序论做得并不漂亮,都是老生常谈,且有矛盾之处。不过为了推出有唐一代作者,才提出以上论点。最后说:

> 其间爵位崇高，别为之传。今采孔绍安以下，为文苑三篇。觊怀才憔悴之徒，千古见知于作者。

文苑传分上中下三篇。上篇主要作家有卢照邻，杨炯，王勃，骆宾王。

以上四人，文学史称为初唐四杰，他们的文集，除杨炯外，我皆购置。《王勃集》为木刻本，不知系何种丛书之零种，共六册，题《王子安集》，纸张刻印，均不甚佳。《卢照邻集》系四部丛刊本，题《忧幽子集》。《骆宾王集》，系中华书局近年出笺注本，题《骆临海集》，我都没有细读过，印象不深。他们的文体，还沿用六朝时的骈体，典故连篇，读起来很费劲。我不怕骈体，骈体自然协调，增加文字的韵味，就是近代的白话文体，也不排斥这类句法和修辞。我怕典故，我头脑中典故很少，一边读文章，一边又去看注，这实在是一种苦事。古人抒发感情，描述事物，不用直接自然的语言，而用典故去代替，这也真不是一件容易的事，但究竟对感情、思想的抒发，是一种局限。文章之事，伤了自然，任你对仗怎样工整，用典如何巧妙，总是得不偿失的。为什么王勃那么多文章，唯有《滕王阁序》那么通行？《滕王阁序》中对仗的句子那么多,为什么又只有落霞与孤鹜齐飞,秋水共长天色一联,那么脍炙人口?还不是因为作家触景生情,冲口而出,既尽描绘之能事,又流畅自然,通俗易懂所致?骆宾王的名句:“一抔之土未干, 六尺之孤何托”,所以能那么动人,千古传诵,也是因为出于自然,得其本真。

文学史上说,他们四人的文风,已不同于六朝,开始向自然活泼的方面发展,我因体会不深,就不在这里讨论了。

卢照邻的传记很短,只有六行。说他“因染风疾去宫”。又说,“照邻既沉痼挛废,不堪其苦,尝与亲属执别,遂自投颍水而死,时年四十。”也不知得的是什么病。他曾向当时的大医学家孙思邈请教,我读过那篇文章,孙思邈也没有提供什么处方,只是向他讲述了人易得病之由,及天人一致,顺应自然,才得养生,并没有什么奇妙之处。《旧唐书》有孙思邈的传,也引述了这段文字。

王勃的传记较长。他的祖父王通,即文中子,是著名学者,著有《中说》。“勃六岁,解属文,构思无滞,词情英迈。”可以说是早熟了,但亦早逝。传载:

久之,补虢州参军。勃恃才傲物,为同僚所嫉。有官奴曹达犯罪,勃匿之,又惧事泄,乃杀达以塞口。事发,当诛,会赦除名。时勃父福畤为雍州司户参军,坐勃左迁交趾令。上元二年,勃往交趾省父,道出江中,为采莲赋以见意,其辞甚美。渡南海,堕水而卒,时年二十八。

骆宾王的传记更短,只有四行。内载:

少善属文,尤妙于五言诗。尝作《帝京篇》,当时以为绝唱。然落魄无行,好与博徒游。高宗末,为长安主簿,坐赃,左迁临海丞,怏怏失志,弃官而去。文明中,与徐敬业于扬州作乱,敬业军中书檄,皆宾王之词也。敬业败,伏诛,文多散失。

四杰在当时,就被识者认为:“虽有文才,而浮躁浅露,岂享爵禄之器。”中间,杨炯算是比较“沉静”的,还当了临川令,传记里也说:

炯至官,为政残酷,人吏动不如意,辄搒杀之。又所居府舍,多进士亭台,皆书榜额,为之美名,大为远近所笑。

耕堂曰:四人皆早年成名,养成傲慢之性,举止乖张,结局不佳。人皆望子弟早慧,不及学龄,即授以诗书技艺。此如种植,违反自然季节,过多人工,虽亦开花结果,望其丰满充实,则甚难矣。神童之说,弊多利少,古有明证,人多不察也。

文字之事,尤其如此。知识开发,端赖教育。授书早,则开发早,授书晚,则开发晚。然就其总的成就来说,开发晚者,成果或大。此因少年感情盛,文思敏捷,出词清丽,易招赞美。个人色彩重,人生经验不足,亦易因骄傲,招致祸败。晚成者,其文字得力处,即不只情感属词,亦包蕴时代社会。然冲淡谦和,易失朝气。固知此道,甚难两全,实则不可偏废也。

七、陈子昂、宋之问

《旧唐书》文苑传中,包括著名作家陈子昂、宋之问等。

我有《陈子昂集》,近年中华书局排印本。《宋之问集》,为四部丛刊本。

传载陈子昂:

家世富豪，苦节读书。褊躁无威仪。文词宏丽，为当时所重。卒时年四十余。

传载宋之问：

弱冠知名，尤善五言诗，当时无能出其右者。

易之兄弟，雅爱其才，之问亦倾附焉。预修三教珠英，常扈从游宴。则天幸洛阳龙门，令从官赋诗，左史东方虬诗先成，则天以锦袍赐之。及之问诗成，则天称其词愈高，夺虬锦袍以赏之。及易之等败，左迁泷州参军。未几，逃还，匿于洛阳人张仲之家。仲之与驸马都尉王同皎等谋杀武三思，之问令兄子发其事以自赎。及同皎等获罪，起之问为鸿胪主簿，由是深为义士所讥。

睿宗即位，以之问尝附张易之、武三思，配徙钦州。先天中，赐死于徙所。

耕堂曰：陈子昂、宋之问同事武则天，为后人所讥，然情况甚不一样。其主要区别为：陈在做官过程中，言行正大;宋言行谄媚。且告发自赎,出卖朋友,市井所不忍为,出之于知名文士,其人格,不问可知矣。

唐太宗干掉了两个亲兄弟。才当上了太子。在他晚年,为了选定太子,真费了心思,曾急得“自投于床”。废了一个,选定一个,即后来的唐高宗。这个人实在不怎么样,昏庸无能,又弄出一个武则天来,杀了那么多无辜,用了那么多酷吏,闹了那么多丑闻。但因为是中国历史上唯一的女皇,历来被一些文人学士,另眼相看。其实,她对文人学士,也并没有什么好感。例如前面记的赠锦袍一事吧,就是拿两个文士开心。她是在举行诗歌大赛,发的是实物奖。她是皇帝,多预备几件锦袍,把得奖面扩大一些,或一年举行一次,使更多的人,有机会获得这一荣誉,并不费什么,更用不着请别人赞助。她却夺一个给一个。被夺的当场无趣。得奖的,自己或以为荣,有识者或以为耻。

陈子昂忠心耿耿,给她上了那么多建议,临死之前,并没有得到她的保护。在武则天当权的时候,一些名臣良将,并没有辞职不干,不能单单责备陈子昂。

我在读小学时,就知道有个武则天。国文课本上有她的画像,头戴皇冠,很是美丽。究竟如何评价她,我还是相信骆宾王的讨伐文章。因为时间那么接近。能看出当时人民对她的想法。

后来也有皇后、皇太后,想向她学习,诛杀勋旧,提拔心腹。但成功的少,失败的多。也有人用诗文赞颂,都像一场幻梦过去了。得到锦袍的,只好收起,不再穿着了。

汉高祖听任吕后杀人,唐高宗听任武后杀人,包括他原来的妻子和亲娘舅,都是为了保住自己。再以后的事,他们是想不到也管不了。遇上这样的时代,做官和作文,都是很不容易的。正直的,自取灭亡,趋媚者,也常常得不到好下场。

宋之问还是唐诗名家,留下了一本薄薄的诗集。中国的文化传统,是宽容的,并不以人废言。文人并无力摆脱他所处的时代。也不是每个文人,都能善处自己的境遇的。

八、韩愈

韩愈传在《旧唐书》卷一百六十。传载:

> 父仲卿,无名位。愈生三岁而孤,养于从父兄。愈自以孤子,幼刻苦学儒,不俟奖励。

韩愈成进士之前,“投文于公卿间,故相郑余庆颇为之延誉,由是知名于时。”做官以后,“发言真率,无所畏避,操行坚正,拙于世务。”因此接连贬官,屡上屡下。

传中收录了他三篇文章:《进学解》、《谏迎佛骨表》和《祭鳄鱼文》,可见这三篇,在当时已被认为是他的代表作。

传又载:

> 愈性弘通,与人交,荣悴不易,少时与洛阳人孟郊、东郡人张籍友善。二人名位未振,愈不避寒暑,称荐于公卿间,而籍终成科第,荣于禄仕。后虽通贵,每退公之隙,则相与谈宴,论文赋诗,如平昔焉。而观诸权门豪士,如仆隶焉,瞪然不顾。而颇能诱厉后进,馆之者十六七,虽晨炊不给,怡然不介意。……常以为自魏、晋以还,为文者多拘偶对,而经诰之指归,迁、雄之气格,不复振起矣。故愈所为文,务反近体,抒意立言,自成一家新语。

耕堂曰:由以上所记,可略知韩愈的性格及为人。韩愈没有祖上官荫,出身寒苦,他的性格比较开朗,遇事有耐力,遭到那么多的挫折,他顽强地活下来了。对朋友亲属，也多义举，对后学，非常热心。作为一个文人，这都是好品质。文章能创新，自成一家，和他这些素质，也不无关系。

柳宗元传，亦在此卷中。柳，先世显赫，少年好胜，偶遇挫折，几乎一蹶不振，陷于绝望之境。他的性格脆弱，文章多反省之言，虽亦成家，其风格与韩文，乃大不相同。

文章，与遭遇有关，然与性格更有关。同时代，同遭遇，而文章判然有别，性格实左右之。

至于文风的改变，绝不是一个人的力量所致。韩愈传的开头，已提到：

> 大历、贞元之间，文字多尚古学，效扬雄、董仲舒之述作，而独孤及、梁肃最称渊奥，儒林推重。愈从其徒游，锐意钻仰，欲自振于一代。

文苑中富嘉谟传，亦载：

> 与新安吴少微友善同官。先是文士撰碑颂，皆以徐庾为宗，气调渐劣。嘉谟与少微属词，皆以经典为本，时人钦慕之，文体一变，称为富吴体。

所以说，文体的一次大变革，必须经多人的努力，时代的推移，才能成功。正如五四白话文体之兴，是经过前前后后，多少人的努力，又由思想革命的促使，才能一呼百应，普及天下的。但个人尝试提倡之功不可没，故胡适之为人推重。韩文起八代之衰的褒词，也是在成就大、有代表性的意义上提出的。

我的《韩昌黎集》，是商务印书馆涵芬楼大字排印本，毛边纸印，天地极宽，布函两套，今日已甚难得。而购置时，只花了六角钱。

有文才，不一定有史才。传记说：

> 及撰顺宗实录，繁简不当，叙事拙于取舍，颇为当代所非。

在我早年印象中，韩愈是个老夫子，非常古板。传记说他"拙于世务"，他自己也宣称："受性愚陋，人事多所不通。"其实，也不完全是这么回事。

韩愈因谏迎佛骨，招来大祸，几乎杀头，流放到潮州以后，上表皇帝，文词凄苦，希望得到皇帝哀怜。能得到皇帝哀怜,并不是一件容易的事。他这篇表写得有路数,有策略,证明韩愈不只是个非常天真的人,还是个非常聪明的人。皇帝好长生,谏佛是错了。皇帝还好大喜功,喜欢人颂扬。他就在这方面做文章:

唯酷好学问文章,未尝一日暂废,实为时辈推许。臣于当时之文,亦未有过人者。至于论述陛下功德,与诗、书相表里,作为歌诗,荐之郊庙,纪太山之封,镂白玉之牒,铺张对天之宏休,扬厉无前之伟迹,编于诗、书之策而无愧,措于天地之间而无亏。虽使古人复生,臣未肯多让。

他的这些话,确实打动了皇帝的心,引出了怜悯之词!

宪宗谓宰臣曰:"昨得韩愈到潮州表,因思其所谏佛骨事,大是爱我,我岂不知?……乃授袁州刺史。

当然有的皇帝,就是说这些话,也不起作用。如清之乾隆,对待杭世骏(大宗),就是一例,必致之死而后快也。

九、刘禹锡

同卷有刘禹锡传。

刘禹锡也曾卷进王叔文事件。传载:“禹锡尤为叔文知奖,以宰相器待之。”是个重要分子。当时的侍御史窦群奏:“禹锡挟邪乱政,不宜在朝。”群即日罢官。可见后台之硬,信任之专。传记并说:“既任喜怒凌人,京师人士不敢指名,道路以目,时号二王、刘、柳。叔文败,坐贬连州刺史,在道,贬朗州司马。”又见招怨之深,报复之重。

但是,这一遭际,也大大助长了他的文学成就,并给了刘禹锡一个接近群众,体验生活,从民间艺术吸取营养的机会。

> 地居西南夷,土风僻陋,举目殊俗,无可与言者。禹锡在朗州十年,唯以文章吟咏,陶冶情性。蛮俗好巫,每淫祠鼓舞,必歌俚辞。禹锡或从事于其间,乃依骚人之作,为新辞以教巫祝。故武陵溪洞间夷歌,率多禹锡之辞也。

当贬官时,“有逢恩不原之令”。但政治空气,总在变化,后来“执政惜其才,欲洗涤痕累,渐序用之。”就是说,忘记他过去的错误，慢慢提拔上来，又终于遭到一些人的反对。

> 禹锡积岁在湘、澧间，郁悒不怡。因读张九龄文集，乃叙其意曰："世称曲江为相，建言放臣不宜于善地，多徙五溪不毛之乡。今读其文章，自内职牧始安，有瘴疠之叹。自退相守荆州，有拘囚之思。托讽禽鸟，寄辞草树，郁然与骚人同风。嗟夫，身出于遐陬，一失意而不能堪，矧华人士族，而必致丑地，然后快意哉。议者以曲江为良臣，识胡雏有反相，羞与凡器同列，密启廷诤，虽古哲人不及，而燕翼无似，终为馁魂。岂忮心失恕，阴谪最大，虽二美莫赎耶？

这是因为自己失意，借题发挥，迁怒于人。不只进行人身攻击，还连上了籍贯遭际，也可以说是"失恕"了。我有《张曲江集》，广东丛书本，印得非常讲究，也附录了刘禹锡这段话。因为这段话，并不能损害张曲江的整个形象，只能说是形象中的一笔一画。既是做大官，就得提建议，定政策，立制度。不能因为后来他本人也出了事，作法自刑，就报以快意之辞。刘禹锡性格中的这一特征，贯穿在他一生之中。也没有改悔之意。作诗作序,多涉讥刺。“人嘉其才,而薄其行。”“终以持才褊心,不得久处朝列”。

耕堂曰:唐朝文士,必先挟文章以邀名誉,然后挟名誉以求仕禄。在此中间,必有依附,必有知与不知,必有恩怨存焉。

文人想做官,不可厚非。文人因性格偏激,感情用事,常常得罪一些人,并不奇怪。但他们不是得罪所有的人,他们还要依附一些人。依附必系权贵,权贵是多方面的,正在政治圈里,矛盾着,斗争着。这样,文士们就像坐在颠簸的船只上,前途未卜了。史称:刘禹锡,“甚怒武元衡、李逢吉。而裴度稍知之。”等到裴度失势,他就跟着下来了。

不过,刘禹锡的结果还不错,活了七十一岁。赠户部尚书。他还遗留下相当可观的诗文,因他曾充太子宾客,人称《刘宾客文集》,我有丛书集成本。

他虽然名位不高,当时的公卿大僚,都与之交。白乐天和他关系很好,对于他的诗才,很是推崇。认为像“沉舟侧畔千帆过,病树前头万木春”这样的诗句,神妙极矣。这两句诗,在“文革”时很流行,领袖吟咏,人皆以为是对被打倒者的嘲弄快意之词。但实是刘禹锡的失意自伤之词。大相径庭,大为误解矣。

十、元稹、白居易

元稹传在卷一百六十六。

元稹的十代祖,是后魏昭成皇帝。他八岁丧父,家贫,母亲教他读书,早年就成名了。

传记说:“稹性锋锐,见事风生。”一生之中,虽然为皇帝所喜爱,却一直官运不顺,屡遭排挤。还遭遇过如下事件:

> 仍召稹还京。宿敷水驿。内官刘士元后至,争厅,士元怒,排其户,稹袜而走厅后,士元追之,后以箠击稹伤面。执政以稹年少后辈,务作威福,贬为江陵府士曹参军。

可以看出,唐时的年轻人,一旦显耀,容易遭到各方面的歧视。

元稹自述:“初不好文,徒以仕无他歧,强由科试。”又说:“自御史府谪官,于今十余年矣,闲诞无事,遂专刀于诗章。”可见他的文学成就,也是由官运不佳逼出来的。

他在诗歌上的要求,努力的方向,是:“常欲得思深语近,韵律调新,属对无差,而风情宛然”的作品。思深(即有思想深度),语近(即通俗),调新(即创新),无差(即合规律),有风情(即艺术性高)。这种主张,我以为,不只适于诗歌,也适于一切文学作品,一切艺术作品。

他说自己在诗歌上的成就,以及为人处世,是:“莫非苦己,实不因人,独立性成,遂无交结。”

我有《元氏长庆集》,白纸,四册,四部丛刊本。

白居易传在同卷中。他家世代做官业儒。居易幼年,聪慧绝人。

白居易和元稹一样,也是先以才名,见知于皇帝。出于忠心,好上书言事。因此,官运也不佳,还遇到过这种事:

> 宰相以宫官非谏职,不当先谏官言事。会有素恶居易者,掎摭居易,言浮华无行,其母因看花堕井而死,而居易作赏花及新井诗,甚伤名教,不宜置彼周行。执政方恶其言事,奏贬为江表刺史。诏出,中书舍人王涯上疏论之,言居易所犯状迹,不宜治郡,追诏授江州司马。

可见:先是有人罗织罪名,随后就有人落井下石,都是看当时的宰相,即执政的眼色行事的。这是官场上的习惯斗争方式。

好在白居易“儒学之外，尤通释典，常以忘怀处顺为事，都不以迁谪介意。”他对官场，也少留恋，很快就远离政治旋涡，宦而隐了。晚年过得还算不错。诗歌自编，分送佛寺，保存得法，后人才能得到一部这样丰富多彩的《白氏长庆集》。我有的是四部丛刊毛边纸本。

白居易的文学主张：“文章合为时而著，歌诗合为事而作。”我是信奉不疑的。惭愧的是，自己因为各种原因，不能很好做到。

文人的不被人理解，文人的苦恼，古今一致。白居易说：

> 不相与者，号为沽誉，号为诋讦，号为讪谤。苟相与者，则如牛僧孺之诫焉。乃至骨肉妻孥，皆以我为非也。

他又说：

> 然仆又自思，关东一男子耳。除读书属文外，其他懵然无知。

其他一切，也就只能听之任之了。“策蹇步于利足之途，张空拳于战文之场”。“始得名于文章，终得罪于文章”。这好像是古今文人的一条规律。文学家的自白，能写得像白居易这样坦白自然的，还是少见的。元稹的传记中，自叙之作，就有三篇。有上书宰相的，有上书皇帝的，有专为自己辨诬的，都没有白居易这篇写得好。

史书对元白二人的比较是：

> 就文观行，居易为优，放心于自得之场，置器于必安之地，优游卒岁，不亦贤乎。

耕堂曰：统观唐代文士，其有成就者，幼年多家境不好，自觉努力。及为政，多遇不顺，遭贬追，然后放情于文字。当时文人，先应举成进士，做官后，就要应付皇帝，对付宰相，言官，方镇，以及中贵美人等等，处境也是很困难的。其中，有政才者，遂以宦显，不失为功名。有文才者，虽政途多乖，终以文显。至于少数文人，过于疏放狂大，遭罹大难，亦有可取鉴者矣。

元稹传后附庞严传。此人为元稹和李绅所提拔。传记说他“聪敏绝人,文章峭丽。”为人有些类似元稹。“以强干不避权豪称,然无士君子之检操,贪势嗜利,因醉而卒。”读时牵连及之,本无可记。但他有一个朋友,名叫于敖:

> 李绅为宰相李逢吉所排,贬端州司马。严坐累,出为江州刺史。给事中于敖素与严善,制既下,敖封还,时人凛然相顾曰:“于给事犯宰相怒而为知己,不亦危乎!”及覆制出,乃知敖驳制书贬严太轻,中外无不嗤诮,以为口实。

耕堂曰:这一段文字,类似小说家言,写得有声有色。可见古人,对于偶遇风险,友朋落难,就立即与他划清界限,并顺手下石的人,也是不以为然的。这种事情,也不知道是古代多有,还是近代多有。但自搞政治运动以来,其数量,必远远超越前古,则无疑义。为此行者已不只朋友间,几遍于伦理领域。人亦习以为常,不似古人之大惊小怪。传统道德观念,从此日渐淡薄,不绝如缕。

我少年时,追慕善良,信奉道义。只知有恶社会,不知有恶人。古人善恶之说,君子小人之别,以为是庸俗之见。及至晚年,乃于实际生活中,体会到:小人之卑鄙心怀,常常出于平常人的意想。因此,惧闻恶声,远离小人。知古人之论,并不我欺。变化如此,亦可悲矣!

一九八八年六月

读《宋书·范晔传》

一

范晔字蔚宗,是《后汉书》的作者。《后汉书》是我国前四史之一,与司马、班、陈的著作并称,是古史的经典。

范晔是南北朝时期宋朝人,在他以前,已经有很多人撰写《后汉书》。我的藏书中,有一部清末刻印的七家《后汉书》,其书目为:谢承后汉书、华峤后汉书、谢沈后汉书、薛莹后汉书、司马彪续汉书、袁山松后汉书、张璠汉记、佚名氏后汉书(附)。

这些《后汉书》,原书都已失传。以上所列,是后人从《北堂书钞》、《太平御览》等古书中辑录出来的零篇散句,实际已经不能成书,也无法阅读了。

但在当时,这些《后汉书》,都是卷帙浩繁的。例如谢承《后汉书》,《隋书经籍志》和《旧唐书经籍志》,都记录为一百三十余卷。

书籍的流传与消失,有时是因为战火灾情,但主要是优胜劣汰。著书也如积薪,后来居上。他可以有更多的机会,利用前人的成果,发见新的材料,证实过去的疑难之处。读者买书用书,自然也有所选择。这就是范书一出、他书俱废的原因。

我用的《后汉书》,是中华书局仿宋本,三函,共三十册。卷首书:宋宣城太守范晔撰;梁剡令刘昭补志;唐章怀太子贤注。帝后纪一十二;志三十;列传八十八。共一百三十卷。

《后汉书》原无志,范晔曾委托别人撰写。唐时,还有其他《后汉书》存在,章怀太子选中了范书,为它作注,使它成为权威著述。注中引用了不少其他《后汉书》的片断,标示异同,后世视为善本。

二

范晔传在《宋书》卷六十九,与刘湛传同卷。我用的《宋书》,是中华书局标点本。

兹就史传所载,摘录范晔行事如下:

范晔,顺阳人。母如厕产之,额为砖所伤,故以砖为小字。

少好学,博涉经史,善为文章,能隶书,晓音律。

做官以后,遇事怕困难。太妃殡葬时,饮酒,开窗听挽歌,被左迁宣城太守。“不得志,乃删众家《后汉书》为一家之作。”

晔长不满七尺,肥黑,秃眉须。

有个叫孔熙先的,做官久不得调,心怀不满,想制造皇家弟兄之间的矛盾,“以晔意志不满,欲引之。”先与晔赌博,故意输给他很多财宝。熟了以后,知道“晔素有闺庭论议,朝野所知,故门胄虽华,而国家不与姻娶。”熙先因以此激之。范晔就陷入了宫廷的斗争。

他们支持的是彭城王刘义康,是当时皇帝的哥哥。不久被人出卖,事败,死时四十八岁。

《宋书》的作者是沈约。他在写范晔的被捕、受审、在狱、行刑时的情景,以及对话、心理,都非常详细、真实、生动。是一篇很有味道的纪实小说。

出卖他的人,叫徐湛之,他对范晔的看法是:“倾动险忌,富贵情深。”皇帝对他的看法是:“意难厌满。”他哥哥对他的看法是:“此儿近利,终破我家。”此皆指宦情也。

三

耕堂曰：古人读书写作，是为了做官，也就是寻求富贵荣华。他们先以“时文”取得功名，做官不成或不顺利，才去著书。鲁迅诗云：无聊才读书。实不只此，著书亦多在无聊时。但有时，正在无聊著书，订下了庞大的写作计划，忽然官运亨通起来，就再也无聊不下去了，只好放下笔墨，先去赴任盖章。此为无聊期的结束，也就是文字生涯的终结。有的人虽说圣明天纵，不可一世，一边做着官，一边还在写文章。因为只有得意，没有无聊，那文章的成色，也就大不如从前，以后只是卖卖名气而已。无聊即寂寞，曹雪芹寂寞时，可以写出极度繁华的小说；做官即富贵，此情一深，文思即淡矣。连无聊的小说，也就写不出来了。

凡是“富贵情深”的人，大都“意难厌满”。他们的欲望是没有止境的，没有限度的，是要步步高升的。以“文革”为例，“四人帮”中有两位文士，本无多少才情，知识也不丰富，文字也不大通顺。但得遇机缘，官运可以说非常之好。还不满足，一定要攘夺盗窃国家神器。此二人，可说是近代史上，由蹩脚文人，发迹之后，成为政治流氓的典型。但他们绝不是历史的最后一例。证之“文革”期间，这样的文人，此伏彼起，层出不穷，即可明白。

至于等而下之的中小人物，事隔不到二十年，受害的一代人，还没有死完，他们已经认为：整个社会忘记了他们在“文革”期间的形象，他们的所作所为。他们的思想早已解放，仍把“造反有理”，作为行动的信条。有的装模作样，有的旧态复萌，有的想法翻案。此种现象，此种人物，今日实多见之，令人咋舌。富贵之梦，仍在萦绕着他们的灵魂。

四

范晔在狱中，给甥侄们写了一封信：

吾狂衅覆灭，岂复可言，汝等皆当以罪人弃之。……文章转进，但才少思难，所以每于操笔，其所成篇，殆无全称者。常耻作文士。文患其事尽于形，情急于藻，义牵其旨，韵移其意。虽时有能者，大较多不免此累，政可类工巧图绩，竟无得也。常谓情志所托，故当以意为主，以文传意。以意为主，则其旨必见；以文传意，则其词不流。然后抽其芬芳，振其金石耳。此中情性旨趣，千条百品，屈曲有成理。……

性别宫商，识清浊、斯自然也。观古今文人，多不全了此处，纵有会此者，不必从根本中来，言之皆有实证，非为空谈。年少中，谢庄最有其分，手笔差易，文不拘韵故也。吾思乃无定方，特能济难适轻重，所禀之分，犹当未尽。但多公家之言，少于事外远致，以此为恨，亦由无意于文名故也。

以上是范晔就自己的心情，秉性，学识和为文之道写的话。信的下半，是谈他撰写的《后汉书》：

本未关史书，政恒觉其不可解耳。既造后汉，转得统绪，详观古今著述及评论，殆少可意者。班氏最有高名，既任情无例，不可甲乙辨，后赞于理近无所得，唯志可推耳。博赡不可及之，整理未必愧也。吾杂传论，皆有精意深旨，既有裁味，故约其词句。至于循吏以下及六夷诸序论，笔势纵放，实天下之奇作。其中合者，往往不减过秦篇。尝共比方班氏所作，非但不愧之而已，欲遍作诸志，前汉所有者悉令备。虽事不必多，且使见文得尽，又欲因事就卷内发论，以正一代得失，意复未果，赞自是吾文之杰思，殆无一字空设，奇变不穷，同合异体，乃自不知所以称之。此书行，故应有赏音者。纪、传例为举其大略耳，诸细意甚多。自古体大而思精，未有此也。恐世人不能尽之，多贵古贱今，所以称情狂言耳。……

五

《史记》、《前汉书》，都附有作者的自序，述作者身世，师承，以及著作体例及经过。后来成为大的著述的传统作法。《后汉书》没有自序，这是因为作者出了事，来不及写，可以把范晔这一封信，看作是他的自序。沈约引证了全文，并说："晔自序并实，故存之。"评价很高。

范晔一生行事，除《后汉书》外，无可称述，我很喜欢他这封信，认为是一篇很好的文字。人之将死，其言也哀。所说的话，都是从肺腑中来，不会再有虚妄。文章一事，他所知甚多，见解也非常精辟，是真正的经验之谈。对于历史著述，虽似夸耀，是亦真情。唯独到了这般时候，才流水一般，说出了天真的话语。

这时，范晔已经陷入了大痛苦、大寂寞、大无聊之中。四顾茫茫，生死异路。他想起了撰述《后汉书》时的情景，回归无聊之中。只有这一点，他无愧于心，暂时扶住了他倾斜的灵魂。人之将死，其言也善，他的话不只是真诚的，也是良善的。这就是为什么,不要以人废言的道理。

六

耕堂曰:余晚年阅读史书,多注意文士传记。发见:文士的官才,和他们的文才,常常成反比。又发见:文士官才虽少,而官瘾甚大。不让他们过一过官瘾,好像死不瞑目。有人,偶然一试,感受到官场的矛盾、烦扰、痛苦,知难而退,重操旧业,仍不失为文士;有的人却深深陷入,不能自拔,蹉跎一生,宦文两失。退得快的,多为文学真才,卓有成就;陷下去的,多为文学混混儿,其在文坛混,与在官场混,固自相同也。退之一途,又分主动与被动。主动则有抱负,被动则有激扬,皆有利于文字成功。所谓被动,即指政局变化,官场失利,刑罚贬逐之类。

至于官场不利之因,则有急功近利,轻浮躁进,不识大体,依附非人等等。范晔生长华族,喜好声歌,结交非类,参与赌博,已属于轻浮之流矣。而其初生时,头部触砖,或受震荡,因而举止乖张。此则余遵弗洛伊德之学说,从生理病理上揣想也。

一九八九年二月十七日写讫

读《史记》记(上)

一

裴骃《史记集解序》:

班固有言曰:"司马迁据左氏、国语,采世本、战国策,述楚汉春秋,接其后事,讫于天汉。其言秦汉详矣,至于采经摭传,分散数家之事,甚多疏略,或有抵牾。亦其所涉猎者广博,贯穿经传,驰骋古今上下数千载间,斯已勤矣。又其是非颇谬于圣人,论大道则先黄老而后六经,序游侠(耕堂按:索隐以刺客为游侠,非也。)则退处士而进奸雄,述货殖则崇势利而羞贱贫:此其所蔽也。然自刘向、扬雄博极群书,皆称迁有良史之才,服其善序事理,辩而不华,质而不俚,其文直,其事核,不虚美,不隐恶,故谓之实录。"骃以为固之所言,世称其当。

耕堂曰:以上,裴骃(裴松之之子)具引班固论司马迁之言，并肯定之。读《史记》前，不可不熟读此段文字，并深味之也。班之所论，不只对司马迁，得其大体，且于文章大旨，可为千古定论矣。短短二百字，说明了以下几个问题：(一)《史记》所依据之古书；(二)《史记》叙事起讫；(三)《史记》详于秦汉，而略于远古；(四)班固所见《史记》缺处；(五)班固总结自刘、扬以来，对《史记》之评价，并发挥己见，即所谓实录之言，为以后史学批评、文学批评，立下了不能改易的准则。

事理本不可分。有什么理，就会叙出什么事；叙什么事，就是为的说明什么理。作家与文章，主观与客观，本是统一体，即无所谓主体、客体。过于强调主体，必使客体失色；同样，过于强调客体，亦必使主体失色。

辩而不华，质而不俚，也是很难做到的，要有多方面的(包括观察、理解、文辞)深厚的修养。因为既辩，就容易流于诡；质，就容易流于俗。辩，是一种感情冲动，易失去理智；文章只求通"俗"哗众，就必然流于俚了。

至于文直、事核、不虚美、不隐恶，就更非一般文人所能做到。因为这常常涉及到许多现实问题：作家的荣辱、贫富、显晦，甚至生死大事。所以这样的文章、著述，在历史上就一定成为凤毛麟角，百年或千年不遇的东西了。

奉劝有志于此的同道们,把班固这三十个字,写成座右铭。

希望当代文士们,以这三十个字为尺度,衡量一下自己写的文字:有多少是直的,是可以核实的,是没有虚美的,是没有隐恶的。

然而,这又都是呆话。不直,可立致青紫;不实,可为名人;虚美,可得好处;隐恶,可保平安。反之,则常常不堪设想。班固和司马迁,本身的命运,就证实了这一点。

无论班固之评价司马迁,或裴骃之论述班固,究竟都是后人议论前人,不一定完全切当,前人已无法反驳。班固指出的司马迁的几点"是非",因为时代不同,经验不同,就不一定正确。这就是裴骃所说的:"人心不同,传闻异辞。"

二

班固谓:论大道,则先黄老而后六经。《史记正义》曰:

> 大道者,皆禀乎自然,不可称道也。道在天地之前,先天地生,不知其名,字之曰道。黄帝老子,遵崇斯道。故太史公论大道,须先黄老而后六经。

耕堂曰:以上,余初不知其所指也。后检夏曾佑《中国古代史》,有《文帝黄老之治》一节,所言不过慈俭宽厚。又有《黄老之疑义》一节,读后乃稍明白。兹引录该节要点如下:

一、汉时与儒术为敌者,莫如黄老。

二、黄老之名,始见《史记》。曾出现多次。

三、《史记》以前,未闻此名。

四、实与黄帝无涉,与老子亦无大关系。

五、司马迁的父亲司马谈,曾学道论于黄生、黄学贵无而又信命,故曰黄老。

六、汉时民间盛行壬禽占验之术,谓之黄帝书。是民间日用之书。黄老学者,即以此等书而合之老子书,别为一种因循诡随之言。

七、汉高、文、景诸帝,皆好黄老术,不喜儒术。以窦太后(景帝之母)为甚,当她听到儒生说黄老之学,不过是"家人言"(即僮隶之言) 时, 就大怒骂人:"安得司空城旦书乎!"并命令该人下圈刺猪。那时的猪,是可以伤人的。那人得到景帝的暗助,才得没有丧命。

延安整风时,曾传说,知识分子无能为,绑猪猪会跑,杀猪猪会叫。

“文革”时各地干校,多叫文弱书生养猪,闹了不少笑话。看来,自古以来,儒生与猪,就结下了不良因缘。然从另一角度，亦反映食肉者鄙一说之可信。本是讨论学术,当权者可否可决,何至如此恶作剧!

三

夏曾佑还指出：司马迁在自序中引其先人所述六家指要,归本道家,此老学也。

在这段著名的文字中,司马迁以为:阴阳家多忌讳,使人拘而多所畏;儒者博而寡要,劳而少功;墨者俭而难遵;法家严而少恩;名家使人俭而善失真。

而道家能使人精神专一,动合无形,赡足万物。其为术也,因阴阳之大顺,采儒墨之善,撮名法之要,与时迁移,应物变化,立俗施事,无所不宜,指约而易操,事少而功多。

司马迁遵循了以上见解，形成他的主要思想和人生观,这是没有疑义的。他这种黄老思想,当然已经有别于那种民间的占卜书,也有别于窦太后的那种僵化和固执,是思想家的黄老思想,作家的黄老思想。这种思想,必然融化在他的写作之中。

黄老思想,很长时期,贯穿在中国文学创作长河之中。这种思想,较之儒家思想,更为灵活开放一些,也与文学家的生活、遭遇,容易吻合。更容易为作家接受。

耕堂曰:作家必有一种思想,思想之形成,有时为继承传统,有时因生活际遇。际遇形成思想,思想又作用于生活,形成创作。此即所谓天人之际。

人心不同,即思想各异,文人、文章遂有各式各样。然具备自身的思想,为创作的起码条件,具备自身的生活经历,则为另一个基本条件。两相融合、激发,才能成为作品。

然文场之上,亦常出现,既无本身思想,亦无本身生活的人。从历史上看,此等文人,约分数型:有的,呼啸跳跃,实际是喽啰角色。或为大亨助威,或为明星摇旗。有的,以文场为赌场,以文字为赌注,不断在政治宝案上压宝。有时红,有时黑,有时输,有时赢,总的说来,还算有利可图,一般处境不错。但有时,情急眼热,按捺不住,赤膊上阵,把身子也赌上去,就有些冒险了。有的,江湖流氓习气太盛,编故事,造语言,卖假药,戴着纸糊的桂冠,在街头闹市招摇。有的,身处仕途,利用职权之便,拉几位明星作陪,写些顺水推舟,随波逐流,不痛不痒的文章发表,一脚踏在文艺船上,一脚踏在政治船上,并准备着随时左右跳跃的姿态。此种人,常常一举两得,事半功倍。然都是凑热闹,戏一散,观众也就散了。

四

历代研究《史记》的学者,对班固的论点,也并不是完全同意的。裴骃说:"班氏所谓'疏略抵牾'者,依违不悉辩也。"比较含蓄。张守节的《史记正义》,则对班氏进行尖锐反批评,并带有人身攻击的气味。他认为:"作史之体,务涉多时;有国之规,备陈臧否;天人地理,咸使该通。"他认为这是司马迁的著述精神。

"班固诋之,裴骃引序,亦通人之蔽也。而固作《汉书》,与《史记》同者,五十余卷。谨写《史记》,少加异者,不弱即劣。何更非薄《史记》?乃是后士妄非前贤!又《史记》五十二万六千五百言,叙二千四百一十三年事。《汉书》八十一万言,叙二百二十五年事。司马迁引父致意;班固父修而蔽之,优劣可知矣!"此即有名的"班马优劣论",多为后人好事者所称引,其实是没有道理的。班固指出的缺点,并非诋毁;多少年写多少字,是因为今古不同、时间有远近,材料有多少造成。并非文章繁简所致。称引先人与否,不能决定作品的优劣。张守节因治《史记》,即大力攻击《汉书》,殆不如裴骃之客观公正矣。

“正义”并时有矛盾。在后面谈到班固指出的这三条缺点时,他又说:“此三者,是司马迁不达理也。”使人莫名其妙。

先黄老,上面已经谈过。序游侠,羞贱贫,前人多以为,司马迁所以着意于此,多用感情,是与其身世有关。如遭到不幸,无人相助,家贫不能自赎等等。这都是有道理的,通人情的。但我以为,并非完全是这么回事。司马迁以续《春秋》自任,六艺之中,特重史学。史学之要,存实而已,发微而已。时代所有者,不能忽略;世人不注意,当先有所见,并看出问题。他对游侠、货殖,都看作是社会问题,时代症结。游侠在当时已形成能影响政治的一种势力,从缓解大政治犯季布的案子,即可明显看出。在货殖方面,司马迁详细记录了当时农、工、商各界的生产流通情况,它们之间的关系,以及对政治的影响。都是做了深入调查,经过细心研究,才写出的。两篇列传,都是极其宝贵的历史文献。

耕堂曰:以上所述,可以看出,班固指摘《史记》三点错误,实不足为《史记》病,反彰然表明,实为《史记》之一大特色,一大创造。

各行各业,均有竞争,竞争必有忌妒。学者为了显露自己,不能不评讥前人。如以正道出之,犹不失为学术。如出自不正之心,则与江湖艺人无异矣。

近人为学者,诋毁前人之例甚多,否定前人之风甚炽。并非近人更为沉落不堪,实因外界有多种因素,以诱导之,使之急于求成,急于出名,急于超越。如文化界之分为种种等级,即其一端。特别是作家,也分为一、二、三等,实古今中外所从未闻也。有等级,即有物质待遇、精神待遇之不同,此必助长势利之欲。其竞争手段,亦多为前所未有。结宗派,拉兄弟。推首领,张旗帜。花公家钱,办刊物,出丛书,培养私人势力,以及乱评奖等等。

以上,均于学术无益,甚至与学术无关。亦不能出真正人才。但往往能得到现实好处。为浅见者所热衷。

读《史记》记(中)

一

《太史公自序》:

迁生龙门，耕牧河山之阳。年十岁则诵古文。(耕堂按：包括古文《尚书》、《左传》、《国语》、《系本》等书。)二十而南游江、淮，上会稽，探禹穴，窥九疑，浮于沅、湘；北涉汶、泗，讲业齐、鲁之都，观孔子之遗风，乡射邹、峄；厄困鄱、薛、彭城，过梁、楚以归。

于是迁仕为郎中，奉使西征巴、蜀以南，南略邛、筰、昆明，还报命。

以上是司马迁自叙幼年生活、读书，以及两次旅行所至地方。这些，都是《史记》一书，创作前的准备，即学识与见闻的准备。自司马迁创读书与旅行相结合，地理与历史相印证，所到一处，考察民风，收集口碑遗简，这一治学之道，学者一直奉为准则，直至清初顾炎武，都是如此去做。

后面接着叙述，他如何受父命、下决心，完成这一历史著作：

“小子不敏，请悉论先人所次旧闻，弗敢阙。”卒三岁而迁为太史令，紬史记(耕堂按：抽彻旧书故事而次述之、缀集之。)石室金匮之书。

这还是材料准备阶段，共用五年时间。《史记》正式写作，于武帝太初元年。又七年以后，司马迁遭李陵之祸，写作受到很大打击。在反复思考以后，终于继续写下去，完成了这部空前绝后的著作。

当时的汉朝，并不重视学术文化，他这部呕心沥血的著作，也没有人过问。《史记》的第一个读者，是著名的滑稽人物东方朔。东方朔确是一个饱学之士，文辞敏捷。但皇帝也只是倡优畜之，正在过着“隐于朝廷”、“隐于金马门”的无聊生活。志同道合，司马迁引他为知己，把著作先拿给他看。东方朔的信条是：“崛然独立，块然独处；与义相扶，寡偶少徒”。司马迁的信条是：“不趋势利，不流世俗”。两个人所以能说到一处。东方朔在司马迁的书上，署上“太史公”三个字。后人遂以《史记》为太史公书。

班固说：

> 迁既死，其书稍出。宣帝时，迁外孙平通侯扬恽祖述其书，遂宣布焉。

据司马贞《史记索隐序》，司马迁的《史记》，因为“比于班书，微为古质，故汉晋名贤未知见重”。它的流传，以及研究注释,远远不及班固的《汉书》热闹。很长时间,是不为人知,处境寂寞的。

二

关于司马迁及其《史记》,原始材料很少,研究者只能根据他的自序。班固所为列传,只多《报任安书》一文,其余亦皆袭自序。

耕堂曰:后之论者,以为《史记》一书,乃司马迁发愤之作。然发愤二字,只能用于李陵之祸以后;以前,钦念先人之提命,承继先人之遗业,志立不移,只能说是一种坚持,一种毅力,一种精神。这种精神,遇到意外的打击、挫折,不动摇,不改变,反而加强,这才叫做发愤。发愤著书,这种人生意境,很难说得清楚,唯有近代,“苦闷的象征”一词,可略得其仿佛。

凡是一种伟大事业,都必有立志与发愤阶段。立志以后,还要有准备。司马迁的准备,前面已经说过了。

人们都知道,志大才疏,不能完成伟大的事业。但才能二字,并非完全是天地生成,要靠个人努力,和适当的环境。努力和环境,可以发展才能,加强才能。

所谓才能,常常是在一个人完成了一种不平凡的工作之后，别人加给他的评语，而不是在什么也没有做出之时，自己给自己作的预言。自认有才，或自称有才，稍为自重的人，也多是在经过长期努力，在一种事业上，做出一定成绩的时候，才能如此说。

在历史上，才和不幸，和祸，常常联在一起。在文学上，尤其如此。所谓不幸、祸，并非指一般疾病，夭折，甚至也不指天灾；常常是指人祸。即意想所不及，本人及其亲友，均无能为力，不能挽救的一种突然事变，突然遭际。司马迁所遭的李陵之祸，他在《报任安书》中，叙述、描绘的，事前事后的情状，心理，抉择，痛苦，可以说是一个有才之士，在此当头，所能作的，最为典型、最为生动的说明了。

这种不幸，或祸，常常与政治有密切联系，甚至是政治的直接后果。姑不论司马迁在书信前面，列举的西伯以下八个王侯将相，他们之遭祸，完全是政治原因，他们本身就是政治。即后面他所引述的文王以下，七个留有著作的人，其遭祸，也无不直接与政治有关。

司马迁把遭祸与为文，联结成一个从人生到创作的过程，称之为：

此人皆意有所郁结，不得通其道，故述往事，思来者。……以舒其愤，思垂空文以自见。

这是一个极端不幸、极端痛苦的过程，是一个极端令人伤感的结论。更不幸的是，这个结论为历史所接受，所承认，所延演，一无止境。

三

《秦始皇本纪》：

丞相李斯曰："五帝不相复，三代不相袭，各以治，非其相反，时变异也。今陛下创大业，建万世之功，固非愚儒所知。且越(耕堂按：博士齐人淳于越)言乃三代之事，何足法也？异时诸侯并争，厚招游学。今天下已定，法令出一，百姓当家则力农工，士则学习法令辟禁。今诸生不师今而学古，以非当世，惑乱黔首。丞相臣斯昧死言：古者天下散乱，莫之能一，是以诸侯并作，语皆道古以害今，饰虚言以乱实，人善其所私学，以非上之所建立。今皇帝并有天下，别黑白而定一尊。私学而相与非法教，人闻令下，则各以其学议之。入则心非，出则巷议，夸主以为名，异取以为高，率群下以造谤。如此弗禁，则主势降乎上，党与成乎下。禁之便。臣请史官非秦记皆烧之。非博士官所职，天下敢有藏诗、书、百家语者，悉诣守、尉杂烧之。有敢偶语诗书者弃市。以古非今者族。吏见知不举者与同罪。令下三十日不烧，黥为城旦。所不去者，医药卜筮种树之书。若欲有学法令，以吏为师。”制曰："可。"

耕堂曰：以上为秦始皇时，李斯著名之建言，焚书坑儒之原始文件。余详录之，以便诵习，加深对这一历史事件的准确印象。李斯说这段话之前，是一位武官称颂始皇的功德，始皇高兴；接着是一位博士，要始皇法效先王，始皇叫李斯发表意见。

这一事件的要害处，为"以古非今"。这事件的发生，是在秦始皇三十四年，即他的晚年，功业大著，志满骄盈之时。他现在所想的，一是巩固他的统治，一是求长生。巩固统治，李斯的主张，往往见效。长生之术，则只有方士，才能帮忙。看来，此次打击的对象是儒，重点是诗书(诗书，也不是全烧掉，博士所职，还可以保存)。但这时的儒生和方士并分不清楚，实际是搅在一起。始皇发怒，以致坑儒，是因为给他求仙药的人(侯生和卢生)逃走了,那入坑的四百六十余人,有多少是真正的儒生,也很难说了。

儒家的言必称尧舜,在孔子本身就处处碰壁,在政治上行不通。但儒家的参政思想很浓,非要试试不可。上述故事,是儒家在政治生活中,和别的"家"(表面看是和法家)的一次冲突较量,一次彻底的大失败。既然并立朝廷,两方发言,机会均等,即为政治斗争。后人引申为知识与政治的矛盾,或学术与政治的矛盾,那就有些夸大了。但这次事件是一个开端,以后的党锢、文字狱、廷杖等等士人的不幸遭遇,都是沿着这条路走下来的。这也算是古有明训吧!

四

政治需要知识和学术,但要求为它服务。历史上从未有过不受政治影响的学术。政治要求行得通见效快的学术。即切合当前利益的学术。也可以说它需要的是有办法的术士,而不是只能空谈的儒生。所以法家、纵横家,容易受到重任。

儒家虽热衷政治,然其言论,多不合时宜,步入这一领域,实在经历了艰难的途径。最初与方士糅杂,后通过外戚,甚至宦竖,才能接近朝廷。其主旨信仰,宣扬仍旧,其进取方式,则不断因时势而变易。既如此,就得随时吸收其他各家的长处,孔孟之道,究竟还留有多少,也就很难说了。所以司马迁论述儒家时,也只承认它的定尊卑,分等级了。

在儒学史上,真正的岩穴之士,是很少见的。有了一些知识,便求它的用途,这是很自然的。儒生在求进上,既然遇到阻力,甚至危险,聪明一些的人,就选择了其他的途径。《史记》写到的有两种人:一是像东方朔那样,身处庙堂,心为处士,虽有学识,绝不冒进,领到一份俸禄,过着平安的日子,别人的挖苦嘲笑,都当耳旁风。另一种则是像叔孙通这样的人。

《叔孙通列传》:

> 于是叔孙通使征鲁诸生三十余人。鲁有两生不肯行。曰:"公所事者且十主,皆面谀以得亲贵。今天下初定,死者未葬,伤者未起,又欲起礼乐。礼乐所由起,积德百年而后可兴也。吾不忍为公所为。公所为不合古,吾不行。公往矣,无污我。"叔孙通笑曰:"若真鄙儒也,不知时变!"

当叔孙通替刘邦定好朝仪以后：

于是高帝曰:“吾乃今日知为皇帝之贵也。”乃拜叔孙通为太常,赐金五百斤。叔孙通因进曰:“诸弟子儒生随臣久矣,与臣共为仪,愿陛下官之。”高帝悉以为郎。叔孙通出,皆以五百斤金赐诸生。诸生乃皆喜曰:“叔孙生诚圣人也,知当世之要务!”

司马迁虽然用了极其讽刺的笔法，写了这位儒士诸多不堪的言词和形象,但他对叔孙通总的评价,还是:

希世度务,制礼进退,与时变化,卒为汉家儒宗。“大直若诎,道固委蛇”,盖谓是乎?

这是司马迁,作为伟大历史家的通情达理之言。因为他明白:一个书生,如果要求得生存,有所建树,得到社会的承认,在现实条件下,也只能如此了。他着重点出的,是“与时变化”这四个字。这当然也是他极度感伤的言语。

汉武帝时,听信董仲舒的话,独尊儒术,罢黜百家,并不是儒家学说的胜利,是因为这些儒生,逐渐适应了政治的需要。就是都知道了“当世之要务”。

一九九〇年三月六日

读《史记》记(下)

一

司马迁在写作一篇本纪,或一篇列传时,常常在文后,叙述一下自己对这个地方,或这个人物的亲身见闻。即自己的考察、感受、体验心得,以便和写到的人和事,相互印证,互相发挥,增加正文的感染力量,增加读者的人文、文史方面的知识、兴趣。兹抄录一些如下:

> 余尝西至空桐,北过涿鹿,东渐于海,南浮江淮矣。至长老皆各往往称黄帝、尧、舜之处,风教固殊焉。
>
> 《五帝本纪》

> 太史公曰:诗有之:高山仰止,景行行止,虽不能

至，心向往之。余读孔子书，想见其为人。适鲁，观仲尼庙堂、车服、礼器，诸生以时习礼其家。余只回留之不能去云。

《孔子世家》

吾尝过薛，其俗闾里率多暴桀子弟，与邹、鲁殊。问其故，曰："孟尝君招致天下任侠，奸人入薛中盖六万余家矣。"世之传孟尝君好客自喜，名不虚矣。

《孟尝君列传》

太史公曰：吾适北边，自直道归，行观蒙恬所为秦筑长城亭障，堑山堙谷，通直道，固轻百姓力矣。

《蒙恬列传》

有时是记一些异闻，如：

太史公曰：世言荆轲，其称太子丹之命，"天雨粟，马生角"也，太过。又言荆轲伤秦王，皆非也。始公孙季公、董生与夏无且游，具知其事，为余道之如是。

《刺客列传》

他否定了一些关于燕太子丹和荆轲的传说。而他得到的材料,则是出自曾与夏无且交游过的人。夏无且,大家都知道,就是荆轲刺秦王,殿廷大乱的时候,用药囊投掷荆轲的那位侍医。这样,他的材料,自然就具有很大的权威性。

有时是见景生情,发一些感慨:

> 太史公曰:余读离骚、天问、招魂、哀郢,悲其志。适长沙,观屈原所自沉渊,未尝不垂涕,想见其为人。
>
> 《屈原贾生列传》

> 太史公曰:吾适丰沛,问其遗老,观故萧、曹、樊哙、滕公之冢,及其素,异哉所闻!方其鼓刀屠狗卖缯之时,岂自知附骥之尾,垂名汉廷,德流子孙哉?
>
> 《樊郦滕灌列传》

二

对历史事件,司马迁有自己的见解;对历史人物,司马迁常常流露他对这一人物的感情。这种感情的流露,常常在文章结尾处,使读者回肠荡气。这是历史家的评判。但又绝不是以主观好恶,代替客观真实。最明显的例子,是对于刘、项。在《项羽本纪》之末,司马迁流露了对项羽的极深厚的同情,甚至把项羽推崇为舜的后裔。对他的失败,表现了极大的惋惜。但项羽的失败,是历史事实。司马迁又多次写到:项羽虽然尊重读书人,但吝惜官爵;刘邦虽多次污辱读书人,对封赏很大方,"无耻者亦多归之",终于胜利。历史著作,除占有材料,实地考察,无疑也是很重要的。司马迁所到之处,都进行探寻访问,这种精神,使他的《史记》,不同凡响。后人修史,就只是坐在屋里整理文字材料了,也就不会再有《史记》这样的文字。

司马迁虽有黄老思想,但在一些伦理、道德问题的判断上,还是儒家的传统。他很尊重孔子,写了《孔子世家》,又写了弟子们的传记。记下了不少孔子的逸事和名言。他也记下了老子、庄子。对韩非子的学说,他心有余痛,详细介绍了《说难》一篇。其中所谓:"宽则宠名誉之人,急则用介胄之士。所养非所用,所用非所养。"今日读之,仍觉十分警策。在学术上,他是兼收并蓄的,没有成见的。析六家之长短,综六艺之精华,《史记》的思想内涵,是博大精深的。

耕堂曰:余尝怪:古时文人,为何多同情弱者、不幸者及失败者?盖彼时文人自己,亦处失意不幸之时。如已得意,则必早已腰满肠肥,终日忙于赴宴及向豪门权贵献殷勤去矣!又何暇为文章?即有文章,也必是歌功颂德,应景应时之作了。

三

耕堂曰:《史记》出,而后人称司马迁有史才。然史才,甚难言矣。班固"实录"之论,当然正确,亦是书成后,就书立论,并未就史才形成之基础,作全面叙述。

文才不难得,代代有之。史才则甚难得。自班马以后,所谓正史,已有二十余种,越来部头越大,而其史学价值,则越来越低。这些著述多据朝廷实录,实录非可全信,所需者为笔削之才。自异代修史,成为通例以来,诸史之领衔者,官高爵显;修撰者,济济多士,然能称为史才者,则甚寥寥。因多层编制,多人负责,实已无人负责。褒贬一出于皇命,哪里还谈得上史德、史才!

我以为史才之基础为史德,即史学之良心。良心一词甚抽象,然正如艺术家的良心一词之于艺术,只有它,才能表示出那种认真负责的精神。

司马谈在临死时,告诉儿子:

“今汉兴,海内一统。明主贤君忠臣死义之士,余为太史而弗论载,废天下之史文,余甚惧焉,汝其念哉!”迁俯首流涕曰:“小子不敏……”

这就是父子两代,史学良心的发现和表露。

用现在的名词说,就是史学的职业道德。这种道德,近年来不知有所淡化否,如有,我们应该把它呼唤回来。

史学道德的第一条,就是求实。第二就是忘我。

写历史,是为了后人,也是为了前人,前人和后人,需要的都是真实两个字。前人,不只好人愿意留下真实的记载和形象;坏人,也希望留下真实的记载和形象。夸大或缩小,都是对历史人物的污蔑,都是作者本身的耻辱。慎哉,不可不察也。

史才的表现,非同文才的表现。它第一要求内容的真实;第二要求文字的简练。史学著作,能否吸引人,是否能传世,高低之分全在这两点。司马贞在《史记索隐后序》中,称赞司马迁:“其人好奇而词省,故事核而文微。”事核就是真实;词省、文微,就是简练。

添油加醋，添枝加叶，把一分材料，写成十分，乱加描写，延长叙述，投其所好，取悦当世，把干菜泡成水菜等等办法，只能减少作品的真正分量，降低作者的著述声誉。

至于有意歪曲，着眼势利，那就更是史笔的下流了。

今有所谓纪实文学一说。纪实则为历史；文学即为创作。过去有演义小说，然所据为历史著作，非现实材料。现在把历史与创作混在一起，责其不实，则诡称文学；责其不文，则托言纪实。实顾此失彼，自相矛盾，两不可能也。

所谓忘我，就是忘记名利，忘记利害，忘记好恶，忘记私情。客观表现历史，对人对己，都采取："死后是非乃定"的态度。

当代人写当代事，牵扯太多，实在困难。不完全跳出圈外，就难以写好。沈约《宋书·自序》说：

> 进由时旨，退傍世情，垂之方来，难以取信。事属当时，多非实录。

班固能撰《汉书》，是史学大家。据说他写的"当代史料"，几不可读。这就是刘知几说的："拘于时"的著作，不易写好。

能撰写好前代史传，而撰写不好当代的事，这叫“拘于时”。而司马迁从黄帝写到汉武帝，从古到今，片言只字，人皆以为信史。班固的《汉书》，有半部是抄录《史记》。就不用说，后代史学界对他的仰慕了。这源于他萌发了史学的良心。

四

我有暇读了一些当代人所写的史料。其写作动机，为存史实者少，为个人名利者多。道听途说，互相抄袭，以讹传讹，并扩张之。强写伟人、名人，炫耀自己；拉长文章，多换稿费。有的胡编乱造，实是玷污名人。而名人多已年老，或已死去，没有精力，也没有机会，去阅读那些大小报刊，无聊文字，即使看到，也不便或不屑去更正辩驳。如此，这些人就更无忌惮。这还事小，如果以后，真的有人，不明真伪，采作史料，贻害后人，那就造孽太大了。

这是我的杞忧。其实，各行各业，都有见要人就巴结，见名人就吹捧的角色。各行各业，都有靠山吃山，靠水吃水的人。有时是帮忙，多数是帮闲，有时是吹喇叭，有时是敲边鼓。你得意时，他给你脸上搽粉；你失意时，他给你脸上抹黑。

但历史如江河，其浪滔滔，必将扫除一切污秽，淘尽一切泥沙。剥去一切伪装，削去一切芜词。黑者自黑，白者自白。伟者自伟，卑者自卑。各行各业，都有玩闹者，也不乏严肃工作的人。历史，将依靠他们的筛选、澄清，显露出各个事件，各个人物，本来的面目。

一九九〇年三月九日写讫

读《史记》记(跋)

清人有关《史记》之著述甚多，多为读书笔记。最有名者，为王念孙、王引之父子之读书杂志。我有金陵书局刻本。此书，我在中学读书时，谢老师即为介绍，极为推崇。然中学生《史记》原书，尚未读懂，更未全读。此师以己之所好，推及于学生，实无的放矢也。今日读之，兴趣亦寡。序言，略有情致，其他皆个别文字之考证，甚干燥无味。我尚购有王鸣盛、钱大昕、赵翼之著作，皆为中华书局近年排印本。其治学方法与王氏同，亦皆未细读，近人整理的郭嵩焘之史记札记，考据之外，还有些新意。一个时代，有一个时代的治学方法，治学爱好，终生孜孜，流连忘返。这种意趣，后人是难以想象的。此后，鲁迅先生于《史记》研究，颇有新的见解，惜《汉文学史纲要》一书中，论及司马迁者，文字不多。

其实，《史记》有集解、索隐、正义，再加上乾隆四年校刊时之考证，对于读这部书，文义上的理解，文字上的辨认，也就可以了。再多，只能添乱，于读原书，并无多大好处。所以，我读古书，总是采取硬读、反复读的笨法子，以求通解。

我有两种《史记》：一为涵芬楼民国五年影印武英殿本。一为中华书局四部备要本，此本也是据武英殿本排印的，余虑其有误植，故参照影印本。这两种本子，拿放都很轻便，字大清楚，便于老人阅读。

我没有购买中华书局近年标点的本子。我用的本子，都没有断句，更没有标点。此次引文，标点都是我试加的，容有错误。发表前，请张金池同志，逐条参照中华标点本，以求改正。这是很麻烦的事，应当感谢。

我以为：读书应首先得其大旨，即作者之经历及用心。然后，就其文字内容，考察其实学，以及由此而产生之作家风格。我这种主张，不只自用于文学作品，亦自用于史学著作。至于个别字句之考释，乃读书之末节。

黄卷青灯，心参默诵，是我的读书习惯。此次读《史记》，仍旧用这种办法。然而究竟是老了，昨夜读到哪里，今夜已不省记。读时有些心得，稍纵即又忘记。欲再寻觅，必需检书重读，事倍而功半。

但还是读下去，每晚躺在床上，读一卷，或仅读数页。本纪、世家、列传，及卷首卷尾部分，总算粗读一过。其他，实仍未读也。回忆自初中时，买一部《史记菁华录》，初识此书。时至今日，用功仅仅如此，时间之长，与收获之少，可使人惭愧。读书，读书，一个人的一生，究竟能真正读多少好书，只能自己心中有数了。

至于行文之时，每每涉及当前实况，则为鄙人故习，明知其不可，而不易改变者也。

一九九〇年三月十一日晨记

读唐人传奇记

一

鲁迅论唐传奇：

(一)小说亦如诗，至唐代而一变。源出于志怪。(二)虽尚不离于搜奇记逸，然叙述婉转，文辞华艳。与六朝之粗陈梗概者较，演进之迹甚明。(三)而尤显者，乃在是时则始有意为小说。(《唐宋传奇集·序例》，首引胡应麟说："凡变异之谈，盛于六朝，然多是传录舛讹，未必尽幻设语。至唐人，乃作意好奇，假小说以寄笔端。"先生称：其言盖几是也。)(四)餍于诗赋，旁求新途，藻思横流，小说斯灿。文人往往有作，投谒时或用之为行卷。(五)实唐代特绝之作也。而大归究在文采与意想。(六)然而后来流派，实亦不昌。宋好劝惩，摭实而泥，飞动之致，眇不可期，传奇命脉，至斯以绝。

以上综录先生论及传奇之言，稍加穿插，共得六则。余以为对唐传奇之研究，可谓发其端而尽其意矣。

二

鲁迅说唐人"始有意为小说"。胡应麟说"作意"、"幻设"，都是有意识的创造之意。

唐人的小说，已经超越单纯的记录，进入复杂的创作活动。小说的境界，已经不只是客观世界的描绘，而涌进了作家主观的想象。

主观包括两方面："文采与意想"。文采与意想，是文学创作的精魂。但这两点，在唐人传奇上，表现得非常突出。这不只使它明显地区别于过去的小说，也使它明显地区别于以后的传奇。在中国文学史上，独放异彩。

任何现象，都有其由来，有其基础。唐代文人的文化素质，实不一般。表现在诗歌创作上，已经有目共睹。这些文士，多是从幼年就用功于此，有些人，甚至是几代相传。他们重读书，重旅行，重交友，重唱和。互相鼓励，互相帮助，共同提高。文化素质的提高，必然引发道德、道义的提高。必然引发丰盛的想象力，引发出高尚的意象。高尚的人品，才能有高尚的想象；卑劣者，只能有卑劣的想象。其文章内容、风格、理想，自不相同。

唐代文人，在一种较高的文化素质根基上，创作小说，自有可观。又因为在诗歌领域的想象力，已经非常发达旺盛，表现在小说创作上，亦必不同一般。

三

这可以从比较上说明。此前不论矣。宋代传奇，胡应麟的话是："宋人所记，乃多有近实者，而文采无足观。"鲁迅的话，已见上文，谓其主要缺点，是失去了"飞动之致"。

"飞动"二字，自幼即深印我心，以为是文学之命脉所在。然究竟什么是飞动,如何才能做到飞动,则一直不甚了了。壮年以后,从事此业,见闻稍多,反复思考,所谓飞动即日常所谓神来之笔,得意文章。然此尚为玄虚之谈,未能得其要领。

后来读李白《谢朓楼诗》:“蓬莱文章建安骨,中间小谢又清发。俱怀逸兴壮思飞,欲上青天揽明月。”才有所领悟。所谓飞动,就是“逸兴”和“壮思”的出现。就是在事实之上,出现的创造。或是在描述现实时,突然出现的奇思妙想。这些奇思妙想的连续,就形成了作品的“飞动之致”。只有富于想象,诗作最飞动的李白,才能这样透彻地帮助我把问题解释清楚。凡是伟大的艺术品,都必具备“飞动之致”。雕塑、绘画如此。音乐、诗歌亦如此。文学名著《阿 Q 正传》、《红楼梦》、《水浒传》,都因富于此“致”,而得为小说上乘。

四

历来对宋人传奇的评价,意见也不完全一致。胡应麟把“近实”看作是宋传奇的优长之处,所以鲁迅说他的那一段话,只能是“几近是”。

近人吕思勉说:“惟小说究以理致为主。唐人所为,好用辞藻,故其品实不逮宋人。"并说,"……小说也,皆唐人启其端,至宋而后臻于大成,唐中叶后新开之文化,固与宋当画为一期者也。"(《隋唐五代史》第二十一章)这只能说是历史家的一种见解,不必深辩矣。因为文学的飞动,不只靠奇思妙想,而且还要靠足能传达这种奇思妙想的词藻。这一点,较之唐、宋传奇就大大失色了。

词藻——语言的作用,绝不可忽视。此文人之法宝,久炼而成;小说之精华,非此莫属。

宋人并非不追求词藻,有时还常常在文中点缀诗词。不过总的说来,它的文词呆滞,不传神韵。失去魅力,失去读者。读者不能无精神食粮,平话小说乃乘运而兴。

五

唐人传奇之漂亮词句,幼年初读时,即拍案叫绝,至今仍能背诵。如《虬髯客传》之"张氏发长委地,立梳床前。""不衫不履,裼裘而来,神气扬扬,貌与常异。"《柳毅传》:"蛾脸不舒,巾袖无光,凝听翔立,若有所伺。"《霍小玉传》:"引谕山河,指诚日月。句句恳切,闻之动人。""时春物尚余,夏景初丽,酒阑宾散,离思萦怀。"都非强作美词,炫人眼目。而是逐景生情,发自作者心中,所以能感人,并呈飞动之致。

唐人做诗做惯了，善于推敲，遣词造句，变化神奇，有如魔术。这自然影响到小说的修辞上。

六

唐人传奇的形式，多种多样，有长有短。其内容，也包罗万象。就其主要作品来看，已从记述怪异逐渐进入现实人生。即如写梦幻，实亦为写人间。彰彰者如《南柯太守传》与《枕中记》，写的就是官场的沉浮，人生的荣辱。鲁迅说，唐代文人，“歆羡功名”。所以写这种题材多。名为警世，实亦渲染。

有的是写政治。《虬髯客传》，目的在于政治，即天命不可违，神器不可夺，为李唐着笔，虽有男女间的相遇相慕，只是陪衬，最终是为政治服务的。《东城老父传》、《开元升平源》两篇，更是直言不讳地写政治，写国家的治乱兴衰。而《庐江冯媪传》，实际上是一篇现实性很强的农村小景。

完全进入现实生活，目的在于描绘世态的，是《李娃传》。这是唐人传奇中的一篇杰作。白行简不愧为大作家。它的优长之处，在于布局的完整、舒展，行文的自然、大方。对比之下，沈亚之等人的作品，则有些局促。鲁迅所说的

"施之藻绘,扩其波澜",它兼而有之。《霍小玉传》,虽亦缠绵,而波澜不敌。《无双传》,虽有波澜,而不自然。结尾处,为报一己之私情,草菅人命,伤害多人,以增传奇之意,虽步司马迁游侠遗意,然过于残酷,有失人道,不可取也。

《莺莺传》,作自名家,后人锦上添花,声名最显赫,然鲁迅谓"文章尚非上乘,篇末文过饰非,遂堕恶趣。"有贬义。但在唐传奇中,仍为佼佼。至于后来施之弹唱,演为戏曲,则文章之遭遇,亦如人生,有幸有不幸矣。

这篇小说,故事本极平淡,人物除红娘外,性格亦各平平。然千百年来,家传户诵,其理即在于爱情二字。悲欢离合之情,固通于千家万户,通于群众之心。以平淡之造意,获传奇之硕果,元稹之文字工力,究不可没也。

唐人之创作传奇,态度严肃,每有所作,必于篇前篇后,记录自己以及友朋姓名,写作缘起,以及事件发生年月,虽为小说,亦取信于人之意。

七

然记有人名、地址者,不一定皆为传奇,有的则是寓言。

余幼年时,不明这种区分,曾把韩愈的《圬者王承福传》和柳宗元的《种树郭橐驼传》,也视为唐人传奇。鲁迅则说,这种文字,“无涉于传奇”,因为它是“以寓言为本,文词为末”的。

这也很难分。从道理上说:作者宣传一种思想,一种见解,借用一个人物的事迹,或通过他的语言,把一种思想和见解宣扬出来,这就是寓言。传奇当然有时也是为了宣扬一种思想,但采取的方式,不是直接说教,而是用具体形象。

我看,寓言和传奇,就是在文学史上,也很难分得清楚。读者会把它们,一样看作是小说。

跋

我在中学读书时,在保定“马号”一家兼营文具的小书铺,买了一本“毛边”的《中国小说史略》(一九三二年七月第八版,版权页有鲁迅印章),现在还在我的身边。这真可以说是一个奇迹。抗战前所有书籍,都已化为灰烬。这本书是我在土改时,从家中带到饶阳大官亭,在贫农团办公的大院里,拣了一小块办丧事用的黄绫子,把书脊糊裱了一下,又带进天津来了。

一九五二年二月,人文出版了《唐宋传奇集》,三月,我就买了一本。此后,我还买过一本,旧日中华书局为中学生选的《唐宋传奇》。还买过一本神州国光社的《唐人传奇》。前者,“文革”后回故乡时,带着路上看,被同村的一位教书先生拿走了。此人已逝去,书不知流落何方。后者,则忘记送给谁了。

以上两件事,说明我对中国小说及其历史,很早就发生了兴趣,并从鲁迅的著作,得到一些知识。但自己并没有什么研究成果。直到今天,写这篇稿子,还是以先生这两本书,为主要依据,自己也没有什么发明与增补。这同时说明,先生的论述,非常精确,是历久不刊之论。因为他是从作家的角度,研究古代小说的。

不过,因为眼下我的藏书多了一些,为文时,又按照先生的指引,参阅了:

一、《太平广记》,一九六二年中华书局排印本。

二、《顾氏文房小说》,上海涵芬楼影印本。

三、《资治通鉴考异》,同上。

四、《文苑英华》,近年中华书局影印本。

五、《说郛》,涵芬楼排印张宗祥抄本。

实际也未细读,翻翻而已。

呜呼,晚年无聊,侧身人海。未解超脱,沉迷旧籍。虽古人称，优于博弈，实亦如鲁迅所云："顾旧乡而不行，弄飞光于有尽，此亦岂所以善吾生？"有可悲者矣！

一九九〇年八月二十九日记

书衣文录
——附摭遗

郁离子评注

傅正谷赠。

近日精神颇不佳，今日在院中吃早点，又遇房管站人员来看房。余对此站，甚有反感，遇之即应对不恭。彼等已屡次见我如此，当莫名其妙也。

房管站只看房，不给修房。我也不敢用他们。但每到此院，必成群结伙，先至我屋，我亦莫名其妙。

一九八八年六月二十日下年，傅之公子送来此书，
当即包装之，并题记焉

胡适红楼梦研究论述全编

田晓明代购。

自昨日起晕眩。睡起时甚剧,不能行动。在床前试探很久,方能扶墙而行。昨日下午请报社大夫,不顺利,颇激动。今日晓达请电台大夫,给药。报社另一大夫来,同车数人,余烦甚,避入小室。病在脑血管,似颇不轻。

一九八九年三月十一日下午

古今伪书考补正

山东邓基平寄赠。

国家形势堪忧,心绪不宁,午饭后装整之。

一九八九年五月十八日

智囊全集

读章含之文章，知毛曾从她家借阅此书。章士钊收藏此类书籍，无足怪。毛一生大智大慧，奇谋奇计，非古所有，尚以为不足，晚年仍借鉴不已，此可异也。见花山出版消息有此目，遂请屏锦寄一部来。亦辑缀古书，多为习见，无足珍也。

一九八八年十二月一日装讫记

遵生八笺

一九八九年九月十九日，邓基平寄。书价昂，已寄款去。

此书收入四部丛刊中，已不易得。余见有排印本，原想购置。然此本油墨纸张均甚差，所谓好书不得好印。且有删节，未能令人满意，然今日出版物，亦只能将就着看。

当日晚记

史　记

民国五年涵芬楼影印本。

余在中学，初读《史记》，购商务《史记菁华录》一部，亦未通读，于抗日战争中，遭敌抢劫，遗失。以后阅读，亦多为选文。进城后，于天祥商场得此本，线装共十四册，毛边纸印，字尚清晰。

今年入夏以来，国家多事，久已无心读书。近思应有以自勉，以防光阴之继续浪费。今晨找出此书，拟认真通读一遍，不知结果如何也。

一九八九年八月二十七日记

自去年八月间，迁至此处，读书与作文，几乎俱废。今年三月间，稍操旧业，又突发眩晕，停笔至今。每日无事，既感无聊，思虑反多。每思读书，又无系统，随取随收，不能坚持。乃念应先以有强大吸引力之著作为伴侣，方能挽此颓波，重新振作，此书乃当选矣。

八月二十八日下午

晓明来谈，邹明脑中取出肿瘤二，手术顺利良好，系脑系科杨主任所做，老鲁所托也。手术时，老于一直在场，照顾周到，现邹明语音清晰，可慰也。

疾病无常，邹明发病前一日，尚在和面做饭。

十月十四日中午

菜根谈

此昨日收到之山东邓基平所赠小书。余初以为明人议论，不甚注意。及见书后附傅连璋序，乃叹为珍本也。傅氏行医汀洲，红军至参加革命，随军长征，于我军医，大有贡献。

其序作于民国十一年，即一九二二年，参加革命之前。颇以国人之争权夺利为大病，认为不易医治。文中有“举国若狂，隐忧何极”之语。今日读之，如针时弊。所言，实目前有识者之同慨。世事变化，竟有如此出人意外者。傅氏已作古，不能重为“嗟乎”矣！

一九八九年十一月十日下午装讫记

菜根谭

此又一版本,是保定河北大学哲学系学生所寄。他很喜欢这本书,购到后读至深夜,次日又买一册赠我,与我并不相识。

不到两月,先后收到两本,有些青年人,大概以为我也很喜欢这本书。

我不喜欢这类书,以为不过是变样的酬世大观。既非禅学,也非理学。两皆不纯,互有沾染,不伦不类。这是读书人,在处世遇到困扰时,自作聪明,写出的劝世良言,即格言之类的东西,用之处世,也不一定行得通。青年人之所以喜欢它,也是因为人际之间,感到困惑,好像找到了法宝,其实是不可靠的法宝。

至于据日本商人见识,以估本国文化,此种心理,更无足置论矣。

一九九〇年一月十日下午,

无事,包装之,并记

天津杨柳青画社藏画集

自去岁入冬以来,余时有寂寞无聊感。身体亦时有小毛病发生。邹明逝世,朋友多以预早体检告诫,余以年龄超期,有什么就带走回答,仍是人生无可奈何之意。然自停止写作以来,无所事事,精神既无寄托,空虚苦闷,时时袭来,绕室彷徨,终非善策。日前山东一青年名常跃强,专程送来字画各一幅,余观赏两日已收起。昨日下午,谢国祥同志送一山水挂历及此册来,又消磨两日时光。近况颇似儿童,遇人送来合意礼物,则欢欣形于言词,实可笑也。

一九九〇年一月四日记

三松堂自序

一九九〇年一月十二日,宗璞寄赠。日前余曾致函求索也。原以为作者自撰,今知大部为他人记录。且篇幅如此宏富,像自传体式回忆录文字,则与古人于主要著述之后,所作自序,略有不同。次日又记。

瓶外卮言

读晚报文章,知有此书。曾托郑法清询之古籍出版社,未得。近又托金梅问古籍书店。据说,前些日子尚无人过问此书,今不知为何,一下卖光。仍从书库找出一本。金梅云:得之不易,也不要书款了。

一九九〇年三月二十六日记

此书为天津古籍书店翻印。原书出版于一九四〇年,著者住英租界。何时,何地,能有何等文化,不足奇也。又记。

今世说

一九九〇年六月四日装。此系早年所购,观所用图章可知。此章系在劝业场刻制,后送与张,为其兄磨制一章。张兄颇势利,亦其兄妹当时处境所致,不必深怪也。

下午，重庆出版社三同志，来谈解放区文学丛书出版事，值午睡起，精神好，所谈颇多。大意谓：出版社当有魄力，有出类拔萃之志。能出一套质量精萃的书，为学术界所承认，就会出名。如只印流行大路货，印多少，别人也记不住你的名字。近年出版界颇使人失望，我已经不愿再印书。希望你们努力云云。

续世说

一九九〇年六月四日装。因读宛委别藏抄本，与之对照。然精神不属，屡拿屡放，包装亦无什么兴趣，此真所谓一年不如一年矣。(第一册)

人皆以抄本为可贵，为其从古本移录也。然抄书人文化低，且愿多做活，自不免抄错，又不便改，遂将错就错。即如此书，最后之郑注条，余初读宛委本，颇多疑碍，不得不又将此书找出对读，乃发见短短一节，错误多处。故名人校本，不可不重也。(第二册)

余有倒读习惯，多施于无意通读之书。于此书，则为先观人之劣行，即所谓接受反面教育也。幼年读书，德行为先,那是正面教育。经历人生之后,乃知反面教育,不可不施于幼年也。这就是鲁迅先生常常告诉青年人,人可以坏到何种程度,使之遇到时,有准备,不感意外之意。然青年人天真,如柔石辈,常常不以为然,后遭不幸,悔之已晚。(第三册)

唐宋传奇集

此书购于一九五二年三月。系人文据旧《鲁迅全集》纸型重印,一九五二年二月出版。封面仍为陶元庆所画,可贵也。原包装用中学同学张砚芳包书法,甚严密,纸已破败,故重装之。时一九九〇年八月二十二日。

新全集不收此书,余检寻未得。近读《太平广记》,连及此书。抚今思昔,感慨颇多。

先生编纂此书时,正值精力、情感旺盛之期,故序跋文字中,颇多妙语。余青年时,都能背诵。

附：

书衣文录摭遗

余已数次辑印书衣文字矣。尚有遗漏及当时顾虑未发表者,再抄存之。新作数则亦附。

一九八七年四月

都门竹枝词

苏州旧书店寄来此书。今日一帮忙人，托病辞去,不得其解,怅然久之。伊与病妻同龄,形体亦仿佛。灯下书此,以志纷乱之感想。

一九六六年二月十日

历代诗话

一、二年中,风波时起。猜疑深匿心中,遇机即爆发,恐终至于决裂。处事:明而后决,不留疑窦;行之而疑,我之大过。(上册)

一九七四年八月十七日

自寻烦恼,不能尤人。又不能达,又不能忍,痛苦将愈来愈深。(下册)

同日夜记

脂砚斋红楼梦辑评

深念情欲惑人,踏入时,直如黑白不辨,是非颠倒。及至脚下感到泥泞,则又愈拔愈陷,灭裂而后已。

一九七四年八月十七日晚记

植物名实图考长编

张赠厚皮纸半张，余选择藏书中之形体伟岸者，为之装潢，此书入选。

一九七五年二月八日晚

植物名实图考

余先得长编，后于旧书肆，补购此本，书甚新而价少减，今并装之。

一九七五年二月八日

七种后汉书

十四日晚，余已睡下。因事激动。及起身小解，全身寒战不已，过去无此现象也。时时有伤身之忧，而又不能断然处置，后患正无穷也。

一九七五年五月

庚子山集

地震后，久不从事于此，今春节又近。去年此时，家庭不安，今幸得清净矣。

此书购时未细检，缺两卷。然当此书籍难得之日，虽残本亦可贵，故珍重装之。

一九七七年二月十二日

雷塘庵弟子记

今生不能为官，且看看达官贵人的经历，亦望梅止渴也。(第一册)

为自由而奔波一生，及至晚年，困居杂院。社会日恶，人心日险，转移无地，亦堪自伤。

自注：文途自如此，如当时转入宦途，情况将大不同矣。

病老心烦,环境恶劣。虽封窗闭户,心亦不安。居家遇此辈,反不如黑夜遇强梁矣。(第二册)

官家处处走过场,坏人处处钻空子。钻大空子发大财,钻小空子得小利,尚可谈人心向善乎?

下午雨。(第四册)

西藏纪游

寻觅他书,发见此书,毫无印象,如同新得。亦奇事也。(上册)

近来关于西藏之话题颇多,想读一下,增加一些历史知识。(下册)

一九八七年十月二十六日晚

三余札记

大女儿归宁,谈及搬家后,与何人住一起事,无结果。(上册)

大院又有变动,亟欲搬家,一时又做不到。老年搬家,并非佳事。弄不好,会促进死亡。但势必有此一着,当冷静淡然处之。

一九八七年十月二十六日

芸斋短简

致李蒙英

一

蒙英同志：

二月二十七日惠函敬悉。

你的热情的奖掖，使我非常感动。近两年来，我因为不能进行其他体裁的创作，写了这些散文，自己并不满意，也深怕不能为现在的读者和编者所理解。它们所表现的是我们这一代人的心情，而我们这一代人，老实说已经寥寥无几。

但是，我从来不能用言不由衷的形式写作，所以只能写成这样，以便抒发一下自己的胸臆。你如此深刻地去理解它，所以使我感动。

我不要求很快出书，只是希望能把校对工作做好，使它在出书后，没有过多文字上的差错。近年来，我对编辑和校对工作，非常不放心，这可能是我的过虑。读了你的信，我知道你在各方面的修养都是很好的。以上所说，确是我的过虑了。有时间，希望到舍下来玩。

你们那里有位刘燕及同志吗？我曾收到她(？)一封热情的信，因不知她确实通讯处，致延迟未复。如你们能见面，望代我问候她。

《黄鹂》一篇散文，你们那里有稿子吗？它要在三月份的《运河》上登出(通县办的)。

祝

好！

孙　犁

一九七九年二月二十八日

二

蒙英同志：

《晚华集》印得很好。

我想烦你帮忙，送送书。现开列名单寄上，请你在每本上，代我签名，如一人感到太繁重，请再找一位写好字的同志,共同签一下。签好即由出版社寄出,邮资可从稿费扣除。感谢,感谢!

我想送你一本签名本,俟你来时拿去。作为对你编辑此书的谢意。

计算一下,昨天谈的买书,数目太小,现决定再加三十本,即一共买五十本。专此

祝

好!

孙　犁

一九七九年十月十六日

致李克明

一

克明同志:

五月二十二日函奉悉。

关于我,近来已经有几处地方在写,老实说,我是很惭愧的,自己实在不堪一写。

关于我的生活、写作,近来我写的文章中,已谈了很

多。你们如果写,参考那些文章,就可以了。谈也谈不出什么新鲜东西来了。

我近来比较忙,身体也不很好。你们来,我是很欢迎的,恐怕谈不出什么。至于录音机之类,更希不用携带,因为我一见那个,就更谈不自然了。

我们是老朋友,你可理解我的心情,我不愿参与这些活动,并请向盛英同志解释,请她鉴谅。

附回盛英同志的信件。

祝

好

犁

五月二十三日

〔注:此信写于一九七九年。〕

二

克明同志:

稿子草草看过,意见如下:

一、最好不要用"报告文学"的写法。

二、想当然的地方太多,描写多不确切。

三、所记时间、地点,直至引文,多有错误。

四、整个文章和题目不相符。

五、我想，要改一个路子，力求有根据，确切第一，方于读者有益。

近来我很忙，身体也不好，率直提出以上各点，供你参考。稿子要大加修改，再交刊物看。

祝

好

孙　犁

十二月二十四日

〔注：1.稿子指《一个作家的足迹》初稿。

2.此信写于一九八〇年。〕

三

克明同志：

所嘱作文事，因已经写过一篇，再无新意，所以决定不写了，请通知出版社，并希鉴谅。其他同志，也决定只写一次。

祝

好

孙　犁

六月一日

〔注:1.所嘱作文,乃请为《小小铁流》写序。

2.此信写于一九八〇年。〕

四

克明同志:

接令郎来信,知你又住院,可谓多灾多难矣。甚为惦念。不知已出院否?

我托你的小事,不忙,什么时候上班办理即可。

我近日身体尚好,只是漏房成了恐怖症,一见下雨就惶惶不安,此次大雨,幸好住室未漏。只小屋有些问题。

祝

好。

犁

七月二十六日

〔注:此信写于一九八〇年。〕

致段华

段华同志：

前后来信，及寄来莲子均收到，甚为感谢。莲子从上次谈过，后来就没吃，还存着很多，以后不必寄了。

你的文章看过了，故事还可以，只是陈旧一些。里面有些字恐不妥，我没有画出，请你修改时，再斟酌。

我的身体，还是很虚弱，前几天又感冒一次，抵抗力差了。

祝

学安

孙　犁

一九八七年六月四日

致孙柏昌

柏昌同志：

看过了你写的散文和小说。散文可以发表。小说意境高远,手法新颖,足见功力。在文字上,过于雕琢,有伤自然。今后是否再写得自然一些,供你参考。

我正忙于准备搬家。

即祝

近安!

孙　犁

一九八八年三月十四日

致卫建民

一

建民同志:

十一月二十五日函及刊物,收到。我有《作家》,你写的文章,早已看过,看了两遍,觉得与众不同,有自己的思想。这当然可以称作作品。因为不只有对象,也有自己。

不知你看过李又然的散文没有,他写东西很认真,也很吝啬,一字一句,推敲不已,虽不能说:不惊人,死不休,可也称得上:吟成一句,白发几丝了。这种谨严的创作方法,使他留下来的作品很少,而且知音也不是太多。这是一种文学史上,不止一次,出现的现象。

你写东西,还可以放开一些,随便一些,这样就可以“多产”一些了。晴窗无事,多谈几句,望你参考。

祝

好!

孙　犁

一九八七年十一月二十九日

二

建民同志:

四月二十日信敬悉。

我还住在老地方。东西都装好了, 新居的电尚未通,所以就等着,什么也干不成了。

给你的那封信,登在今年三月十八日《天津日报》第五版上。

今年的生日,恐怕还是自己吃一碗面条。其实我差不多天天吃面条,但到了生日这一天,如果自己没有忘记,还总是要吃一碗的。

祝

近安!

犁

一九八八年四月二十三日

致杨天放

天放同志：

顷由《光明日报》转来大函，您以高龄，关怀拙作，不胜感荷。

我近年因衰老多病，已经很少写作，偶尔为之，多系身边琐事，难登大雅之堂，知音顾及，故甚感欣慰也。

祝

夏安

孙　犁

一九八八年六月十六日

致郭志刚

志刚同志：

接读六月二十七日来信，甚为高兴！

七月底以前，我搬不了家。万一搬了，可到《天津日报》《文艺》双月刊编辑部，请他们带你去。那地方尚无定名。

我买过一些佛经，但没有认真研究过。但中国知识分子，说没有受过它的影响，也是很难说的。特别是学文学的人。

希望你把那本书写出来。

我一切如常，只是日见衰老。

祝

夏安！

孙　犁

一九八八年七月四日

致季涤尘

涤尘同志：

七月十二日函敬悉。新居尚未安顿好，弟仍在旧处。

因为搬家，笔墨都已收起。另外，近手颤，字也写不好。今用钢笔碳素墨水，写成两纸，请交柳成荫同志看看，是否可用？如不能用，还是请他自行设计吧！

专此,祝

夏安

孙　犁

一九八八年七月十六日

致单三娅

三娅同志:

信见到。最近来信,可仍寄旧址。暑期过后,我再告你新址。

前寄上一本《陋巷集》,无端退回,又托人寄出,不知收见否?因其中有不少篇章。是你经手发表,故愿意寄一本给你留念。

不知你要不要芸斋小说。我手下尚有一篇, 如要,望来信。发表早晚是没有关系的。

祝

夏安!

孙　犁

一九八八年七月十九日

致杨坚

杨坚同志：

十二月十三日大函及赠书，又一信及《船山全书》出版说明，均拜收，甚为感谢！神话一书，印得华贵典雅，为近年罕见之出版物，且为甚有用之书。您的译文，畅达秀美，尤为难得。得此厚赠，十分高兴。

《船山全书》出版说明，也读过了，拟定得很好。这是一件大工程，要花费不少力气的。但能出版一部信实可靠之本，对学术界的贡献，也是很可贵的。

即祝

编安！

孙　犁

一九八七年十二月十九日

致常跃强

跃强同志：

我精力很差，很久不看小说了。今天读了你的作品《绝症》,我觉得在人物、心理的描写上,都是很好的。结构也完整清楚。在缺点方面,就是浅露了一些,缺乏令人深思的地方。希望努力多写多读,自然会更有收获的。意见只供你参考。

拖的时间也长,请你原谅。

祝

好

孙　犁

一九八八年七月四日

致李之琏

之琏:

刚才收到七月二十八日来信。知道你又写了东西,还写了那么多,很是高兴。

我身体还好,只是正在搬家,很乱,心静不下来。我想等我搬过去,安定下来以后,再看你写的文章。我还想:先找找发表的地方。自己多改两遍,也不一定找很多人提意见。那样旷日持久,收获常常不多。如果能很快找到发表的地方,则发表以后我再读,也是可以的。

天气很热,希望注意休息。问处舒同志好!

犁

一九八八年七月三十日晚

致刘文霄

文霄同志:

一、从来信文字看,你可以写好你父亲的传记。

二、刘伯通不知是否他的笔名。这事最好叫路一再回忆一下。

三、河北省不知什么机关,有《育德月刊》,可去查查,因为只记得他在上面发表过文章,至于什么性质的文章,就记不清了。

四、他在我面前,没有发过"疯"。

正在搬家,简复如上。

祝

好!

孙　犁

一九八八年七月二十六日

致张志民

志民同志：

二月二十五日来函，今日收到，甚为感谢！

知你身体不好，很是惦念。有些病，最好平日注意，不使其再犯。

你给出版社写的诗，雪杉给我看过。我认为那是你对我的鼓舞。至于这封信上说的，作为诗句可以如此写，不足为他人道也。

我正在准备搬家，我的院子已改为报社的发行处。每天整理一些书籍杂物，写不成文章了。

问

雅文同志大安

犁

一九八八年二月二十八日

致姜德明

一

德明同志：

托人带来的、寄来的赠书，共三册，都收到，甚为感谢！

书印得很好，内容我也都爱看。

我这里，实在一言难尽。因准备搬家，大伤心神。年轻人搬家是乐事，老年人搬家是苦事，而且有苦难言，强颜欢笑。这一搬动，几乎是背城一战。蒋公云：牺牲不到最后关头，决不轻言抗战。我则云：不是弄到如此局面，也不会轻言搬家。区区下情，当蒙睿鉴！

前些日子，寄给袁茂余同志一稿，是《无为集》的后记，写得不好，也不应时，不知能用否？能用与否，反正是交了季涤尘同志的差了。

给青年散文家题了几个字。他来时，正赶上我精神很不好，手下也没有稿子。写了几个字，他高兴地走了。特告。

祝

好！

犁

一九八八年二月六日

二

德明同志：

节前蒙寄赠文教资料一册，本拟即刻复信，后以忙乱未果。

你写的关于谢国祯的文章，我以前似乎读过，这次读了他的两首题跋。这两种书，我都买过，《寒云日记》，后送人，是朱墨套印本，很精致，只是觉得内容与我的情趣，距离太远。《西山日记》则在《涵芬楼秘笈》中，印象亦不深。我还有谢氏散出的藏书两种，其中有《高士传》和《蕉廊胜录》。

我每天装书一箱，或整理杂物数件，别的事都没精力去做了。

祝

安好！

犁

一九八八年二月二十九日

三

德明同志：

前后赐信均收见，甚为感谢！

弟于上月二十二日先将书籍运至新居（因旧屋漏雨），又于本月十日彻底搬了家：新地方有些新情况，加上劳累，又犯腹泻，心情时有不佳。故迟至今日，方得奉复，想兄定能原恕。

贵报刘虔同志，前寄剪报并大函，亦因以上缘故，未能致信表示谢忱，望代为致意。

白洋淀我看只能当作临时水库，因上游各河，不能再长年流水。兄之所见，甚为确切也。

祝

好！

犁

一九八八年八月二十六日

致黄伟经

伟经同志：

七月二十五函敬悉。

这几天我正在搬家，很乱，手下也没有稿子。俟安顿下来以后，定当寄些东西去。

《随笔》编得很好，每期我都看。

现在有内容，即言之有物的散文太少。《随笔》的文章，还都是"合为时而作"的。

即祝

夏安！

孙　犁

一九八八年八月三日

致刘梦岚

梦岚同志：

前后两信都收到了。这一程子，我一直准备搬家。最近已经到了关键时刻，忙乱得不可开交。我在云游中，度过了前半生。那些年，每当早晨起步的时候，从来不考虑晚上睡在谁家的炕上。现在老了，想的是安静二字，这在当前，又谈何容易！

得知贵报四十年大庆，我衷心地向你们祝贺！几十年来，我在你们的副刊发表了虽然不是很多,也算不少的文章。就是说占了副刊不少宝贵的篇幅,得到了你们的热情关怀,我们之间建立了工作友谊。对我来说,是很值得纪念和感谢的。

你们的工作,是严肃认真的。例如我在副刊发表的芸斋小说,其中一篇,删去三百字。我看了以后,觉得删了比不删好,在结集出书的时候,就按你们的样子发排了。现在,“文章赏析”这一名词很流行。但文友之间,编辑和作者之间,真正的、有见地的、大公无私的分析和讨论,是太少了。有时使人感到寂寞。

写文章,谁能下笔千金不易?有时感情冲动,有时意马心猿,总会出现一些枝蔓。编辑能够看出来,能够认真地给他改正,他不会不服气的。

我希望你们继续保持这种严肃作风, 这是对谁都有好处的。

梦岚同志,如果你认为可以,就把我这封短信,作为对副刊的祝贺吧!

祝

编安

孙　犁

一九八八年六月七日

致邹明

邹明同志：

自迁入新居，我们就很少见面。近又得知你身体不适，甚为挂念。望积极医治，安心调养为盼！

值此《文艺》双月刊创刊十周年之际，谨向你们表示祝贺！

你要我谈一些想法。我没有新的想法，只有旧的想法：

作为园地，双月刊应继续以选登初学写作者，虽非初学、但尚不很出名的作者，已经有名、但在目前并不走红的作者——这些人的作品为主。

不强向时代明星或时装模特儿那样的作家拉稿。

不追求时髦；不追求轰动；不以甚嚣尘上之词为真理；不以招摇过市之徒为偶像。

作为内容，这片园地里，种植的仍是五谷杂粮，瓜果蔬菜；作为形式，这个刊物，仍然是披蓑戴笠，荆钗布裙。

每期前面，可以增加一、二页文艺短论式的文章，这样，比只登创作，更活泼一些。

编辑部的青年同志,要叫他们进修文化,多读一些文学作品的选本。读一些文法、修辞、标点符号方面的书。

至于我,衰年多病,提笔忘字,很难为你们写一点像样的文章了。近来,深以仍挂名文场,感到不安。这种心情,我想你是能理解的。

祝你早日恢复健康!

孙　犁

一九八九年九月二十二日